Birgit Vogt

*Bibliografische Information der Deutschen Nationalbibliothek:
Die Deutsche Nationalbibliothek verzeichnet diese Publikation in der Deutschen
Nationalbibliografie; detaillierte bibliografische Daten sind im Internet über
http://dnb.dnb.de abrufbar.*

© 2015 **Birgit Vogt**

Illustration: **Birgit Vogt**

Herstellung und Verlag: BoD – Books on Demand, Norderstedt

ISBN: 9783734777219

Sokrates
Ein Mickerling - jetzt ganz groß

Hallo, hallo!

Könnt Ihr Euch noch an mich erinnern?
Ich bin der kleine Soki und habe Euch in meinem letzten Buch über meine Erlebnisse als ganz kleiner Mickerling erzählt.

Ich habe damals sehr lange mit Frauchen debattiert, bis sie endlich bereit war alles, was ich ihr so aus meinem Leben diktiert und was sie auch fleißig aufgeschrieben hatte, zu einem Buch zu machen.
Sie hat gesagt, dass das niemand lesen will, was ich so erlebt habe. Dann hat sie gemeint, dass ich kein guter Geschichtenerzähler bin. Und überhaupt ihr ist wirklich jede Menge eingefallen, um mich von meinem Buchvorhaben abzubringen.

Naja, irgendwann habe ich - wie fast immer - gewonnen.
Ob ich sie wirklich überzeugt habe weiß ich bis heute nicht.
Aber selbst, wenn sie das Buch über mich nur geschrieben hat, damit sie endlich wieder in Frieden leben konnte...
Egal, mein erstes Buch kam in den Handel.

Und jetzt gibt es sogar ein zweites.

Frauchen war total erstaunt, dass einige Hundefreunde meine Geschichten gelesen haben und noch überraschter war sie, dass es sogar positive Rückmeldungen gab.

Tja, ich hatte da gar keine Zweifel und eigentlich war ich mir von Anfang an sicher, dass es bestimmt Leute geben würde, die mich in ihr Herz schließen.

Es war doch Frauchen, die mir immer beigebracht hat, dass man an sich und sein Können glauben soll.
Genauso wie sie mir auch immer beigestanden hat, wenn ich wieder mal davon überzeugt war, niemals auch nur noch einen Zentimeter zu wachsen.

Nun, dieses Mal war es tatsächlich ein ganz klein wenig einfacher Frauchen zum zweiten Buch zu überreden.

Ich bin ja jetzt ganz groß und natürlich habe ich Frauchen noch fester im Griff als früher. Und genau deshalb dürft Ihr nun wieder so einiges mit mir erleben.
Viel Spaß dabei, Euer Sokrates, genannt „Soki"

Nur mal so...

Ich will auf den nächsten Seiten mal etwas Nachdenkliches schreiben. Ob das so gut ankommt weiß ich nicht. Aber seit ich ja nun erwachsen bin, da denke ich eben oft mal nach.

Frauchen hat mir doch beigebracht, dass man, wenn man älter ist mehr grübelt... das macht sie doch auch immer.

Na und ich?

Wenn ich abends so dasitze und warte, dass Frauchen endlich zu mir aufs Sofa kommt, dann gehen mir so Gedanken durch den Kopf, die ich als junger Mickerling nie hatte.

Ob das nun etwas mit Weisheit zu tun hat? Ich weiß es nicht. Ich bin doch noch nicht alt und weise...

Alt will ich nicht sein und weise?
Ehrlich gesagt; ich weiß gar nicht was das wirklich bedeutet?

Aber okay, die seltsamen Gedanken lasse ich nun mal von Frauchen aufschreiben.

Kann ja nicht schaden, oder?

Erinnerungen

Tun Erinnerungen immer weh, oder können sie auch glücklich machen?

Ich weiß es nicht...

Wenn ich dran denke,
wie klein und mickerig ich war, als ich geboren wurde;
und wie meine Geschwister mich immer vertrieben haben,
dann tut das weh...

Wenn ich dran denke,
wie schön es war, als mein Hundebruder noch bei mir war;
dann tut das weh...

Wenn ich dran denke,
wie schön es war, als ich, als kleine Fellnase zu meinen Leuten kam, und wie die mich immer geknuddelt haben;
dann tut das auch weh.

Aber das tut anders weh als die anderen Erinnerungen.
Da gibt es einen Unterschied.

Ja, es gibt „weh tun" in gut und in schlecht.

Und ich will lieber nur noch das schöne „weh tun" haben...
Na, war ja nur mal ein Gedanke!

Bin jetzt eben ein großer Hund und da macht man sich schon mal so philosophische Gedanken...

Gleichberechtigung

Ganz bei uns in der Nähe – in einem Kurort.
Ich gehe da jeden Morgen mit Frauchen im Park spazieren.
Angeleint, weil das hier so sein muss!

Wir gehen oft im Dunklen;
kein Hundekumpel läuft frei!

Dann - heute...
Ein Schatten schießt auf uns zu;
bleibt kurz vor uns stehen.

Ein Riesenhund - pechschwarz.
Er wedelt;
macht keine Drohgebärden.

Aber ich habe Angst.
Der ist so groß!

Frauchen nimmt mich hoch.
Ich weiß, dass man Zwerge nicht auf den Arm nehmen soll.
Frauchen weiß es auch;
aber...

Sie hat schon einmal miterleben müssen, wie ein Bruder von
mir, von einem Riesenhund angefallen wurde!

Ich bin also auf dem Arm.
Angst habe ich trotzdem

Der Riese rührt sich nicht - und er steht jetzt quer!

Kein Mensch weit und breit!

Dann...

Ein Mann kommt um die Ecke.

Er ruft ununterbrochen einen Namen.

Der Hund rührt sich nicht.

Der Mann ist bei uns angekommen.

Frauchen sagt, dass hier Leinenpflicht herrscht.

Der Mann sagt, dass sein Hund nichts tut.

Frauchen sagt, dass gleiches Recht für alle gilt.

Der Mann sagt, dass es eben so Zwerge wie mich nicht geben sollte.

Dann geht er und der Riese folgt ihm.

Was Frauchen dann sagte, das sage ich hier lieber nicht!

Aber...

Ich fordere;
gleiches Recht für alle;
und Leinenpflicht auch (oder gerade) für meine XXL-Kollegen!

Überlegungen

Gerade merke ich, dass Frauchen diese Texte wohl nicht so gut findet.
Wenn ich ihr diese Zeilen diktiere wird sie entweder traurig oder wütend.
Das ist beides nicht so gut.

Wenn sie an meinen Halbbruder, den Charly, denkt, dann bekommt sie sofort Tränen in den Augen. Das mag ich gar nicht gerne. Ich will, dass Frauchen lacht. Ich weiß doch wie lange es damals gedauert hat, bis sie mal wieder ein ganz bisschen lächeln konnte, nachdem mein Bruder tot war.

Sie hat so doll getrauert und noch heute, mehr als vier Jahre nach seinem Tod, da nimmt sie jeden Abend das Foto von Charly in die Hand und streicht darüber. Sie hat dann immer so einen komischen Blick... Als wäre sie ganz weit weg.

Manchmal, wenn sie das Bild nicht gleich wieder an seinen Platz zurückstellt und länger als gewöhnlich darauf schaut, dann kommen ihr die Tränen.

Nein, das will ich nicht. Deshalb gibt es nun also nicht mehr so traurige Erinnerungen von mir zu hören.

Und, was die Leinenpflicht angeht...

Da wird Frauchen nicht traurig, aber dafür ganz wütend. Und auch das mag ich nicht, wenn sie so sauer ist.

Ich kenne das ja.

Wenn ich mal wieder Blödsinn gemacht habe, dann guckt sie auch so; und dann versuche ich meist ganz schnell wegzulaufen. Meist gelingt mir das auch; aber Frauchen kommt ganz schnell hinter mir her und dann...

In den meisten Fällen muss sie lachen, denn ich kann Haken schlagen wie ein Hase. Aber wenn ich mal wirklich etwas gemacht habe, was man als erwachsener Hund einfach nicht mehr tun sollte, dann kann sie auch schon mal richtig brüllen.

Aber jetzt, wo sie den Text von der Leinenpflicht schreibt, da richtet sich ihre Wut ja nicht gegen mich.

Sie kann es eben einfach nicht verstehen, warum die Hundehalter mit ihren Riesentieren uns andere nicht in Ruhe und Frieden leben lassen und sich auch einfach an die Vorschriften halten.

Ich kann das übrigens auch nicht begreifen, denn wenn wirklich mal etwas passiert und die XXL-Hunde nicht friedlich sind...
Was dann? Nein, daran mag ich gar nicht denken.

Frauchen wird übrigens genau so sauer, wenn wieder mal so ein Untier auf uns zu rennt und dann der Satz des Halters kommt, dass sein Hund natürlich nur spielen will.

Klar will der nur spielen. Aber wenn ein Elefant mit einer Maus spielen will, dann kann das für die Maus auch tödlich enden.

Leider scheinen das viele der Großhundebesitzer einfach nicht zu verstehen.

Wenn mir ein Kollege von 50 Kilo in die Rippen springt weil er glaubt mit mir toben zu müssen; selbst wenn es nicht böse gemeint ist, dann ist es, als würde mich ein Panzer überfahren.

Na, ich will mich hier nun nicht weiter über diese Menschen auslassen.

Frauchen regt sich beim schreiben nur auf und das muss nicht sein.

Nun gibt es erst einmal ein paar schönere Erlebnisse.

Ich werde Euch mal etwas aus unserer Tierheilpraxis berichten.

Da waren sogar die Leute mit ihren XXL-Hunden meist recht freundlich zu uns, denn wenn sie Hilfe brauchen, dann nehmen sie ihre Riesen auch mal an die Leine.

Die Praxis haben wir heute nicht mehr, da Frauchen unser Geld nun mit anderer Arbeit verdient.

Aber so einige Erlebnisse, die bleiben einem im Gedächtnis und zwar ohne Wut und Trauer , sondern als freudige Erinnerungen.

Auch heute helfen wir noch manchmal, wenn wir Hunde treffen, die eine Verletzung haben oder, wenn Frauchen sieht, dass irgendwo ihre Hilfe benötigt wird. Das ist dann immer toll, denn so lerne ich auch mal neue Hundekumpels kennen...

Es gibt Wunder

Also es geht ums Besprechen von Krankheiten.
Ganz früher gab es in fast jedem Dorf alte Frauen, die konnten mit Krankheiten reden und dann wurden die Menschen wieder gesund.

Nun ja, Frauchen hat während ihrer Ausbildung zur Heilpraktikerin für Tiere auch diese Art des Besprechens gelernt. Aber wirklich oft hat sie das nicht gemacht; weil man ja auch keinem erklären kann, wie das alles funktionieren soll.

Aber im letzten Jahr ergab sich dann eine Gelegenheit dieses Besprechen doch mal ernsthaft auszuprobieren.

Wir lernten auf unserem Morgengassigang eine Frau und ihren uralten Terriermischling Foxi kennen. Man sah sofort, dass der alte Opa ganz doll humpelte.

Frauchen fragte natürlich gleich nach und wir erfuhren, dass Foxi schon seit Jahren überall am Körper von Warzen geplagt wurde. Sein Frauchen war schon bei vielen Ärzten gewesen und ab und an wurden auch einige dieser Warzen herausgeschnitten. Meist kamen sie aber ganz schnell an anderer Stelle wieder. Irgendwann gab Foxi's Frauchen auf und man lebte damit.

Doch seit ein paar Wochen hatte der arme Kerl nun eine Warze unter der Pfote; oder besser da, wo man mir damals die Daumenkralle ziehen musste. Tja, und seither musste das Alterchen ganz doll humpeln.

Man hatte seinem Frauchen in der Tierklinik gesagt, dass Foxi eine Operation wohl nicht überleben würde, da er durch sein Alter die Narkose sicher nicht mehr vertragen würde. Tja, und so humpelte Foxi nun durchs Leben.

Frauchen überlegte nicht lange und sagte zu der Frau; dass sie gerne mal etwas an Foxi „ausprobieren" würde. Sie könnte zwar nicht garantieren, dass es helfen und die Warze verschwinden würde, aber schaden könnte es auf keinen Fall und außerdem würde sie es natürlich kostenlos machen.

Das Frauchen stimmte sofort zu.
Allerdings hatte Foxi ganz doll Angst, wenn er in fremde Umgebungen kam, da er ja auch nicht mehr sehen konnte. Damit der „Opa" sich trotzdem entspannen konnte, wurde beschlossen, dass wir uns jeden Morgen um die gleiche Zeit an einer Bank am Ufer des Möhnesees trafen.

Am ersten Tag war Foxi noch etwas vorsichtig und zurückhaltend, als Frauchen ihm die Hänge um die Pfote legte. Aber schon beim zweiten Mal lag er total entspannt auf dem Schoß seines Frauchens und mein Frauchen konnte die Pfote in aller Ruhe „behandeln".

Sie nahm die Hundepfote in ihre Hände um brummelte irgendetwas vor sich hin. Ich fand das komisch; durfte aber nichts sagen, denn Frauchen hatte mir angedroht, dass ich nicht mehr mitkommen dürfte, wenn ich auch nur einmal laut oder rüpelig gegenüber dem Alterchen sein würde.
So brummelte Frauchen also vor sich hin und alle guckten zu.

Manchmal schlief Foxi sogar einfach ein.

Die ganze Zeremonie dauerte immer so fünf Minuten.

Frauchen kümmerte sich immer nur um die Warze an der Pfote - die anderen störten den Hund ja nicht.

Nach ca. vierzehn Tagen konnte Foxi etwas besser auftreten, aber die Warze war noch da.

Naja, Frauchen gibt ja nicht so leicht auf und so gingen wir auch weiterhin jeden Morgen zu „unserer" Bank.

Mittlerweile waren fünf Wochen vergangen und die Warze war noch immer da. Nun wollten Foxi und sein Frauchen aber an die Nordsee in Urlaub.

Die Frau war so froh, dass ihr Alterchen zumindest etwas besser laufen konnte, dass sie ihren Reise schon verschieben wollte.

Aber davon hielt mein Frauchen nichts.
Sie hatte eine andere Idee.

Am nächsten Morgen sagte sie zu der anderen Frau, dass jeder mit dieser Art des Besprechens Erfolg haben könnte.
Man müsste nur ganz fest daran glauben.

Die fremde Frau bekam einen Zettel, auf dem die Worte standen, die Frauchen immer brummelte, wenn sie die Foxi-Pfote in ihre Hände nahm; und das Frauchen von ihm sollte es nun genau so machen. Die zweifelte erst ganz doll und meinte, dass sie so etwas nicht könnte.

Aber Frauchen konnte sie dann doch überzeugen und die beiden konnten in den Urlaub starten.

Nach fast zwei Wochen dann am frühen Morgen ein Anruf.
Foxi´s Frauchen war dran - so... aufgeregt. Sie brüllte Frauchen förmlich an - alles vor Begeisterung.

Ich stand daneben - konnte aber nichts verstehen.

Frauchen war danach ganz rot im Gesicht - aber mal nicht vor Wut - sondern vor Freude.

Was war passiert?
Das Foxi-Frauchen hatte dreimal am Tag den Text aufgesagt und sich immer wieder vorgestellt, wie diese dumme Warze einfach in sich zusammenfallen würde. Dabei hatte sie die Hundepfote zwischen ihre eigenen Hänge genommen - wie Frauchen es ihr gezeigt hatte.

Die ersten Tage war nichts passiert. Aber die Frau hatte es immer wieder versucht.
Bis einen Tag vor ihrem Anruf war alles unverändert geblieben; und dann.....?
Am Morgen ihres Anrufs hatte sie wieder mit dem Besprechen der Pfote beginnen wollen und die Warze war weg. Nicht geschrumpft oder verändert - nein komplett weg! So als wäre sie nie dagewesen.

Foxi´s Frauchen war außer sich vor Freude und kündigte ihren Besuch an; sobald die beiden wieder in der Heimat wären.

Es dauerte noch eine Woche und die sie standen vor unserer

Tür. Ich war ganz nett zu Foxi, der erst ganz viel Angst hatte bei uns im Haus.

Frauchen bekam eine dicke Spende für den Tierschutz, worüber sie sich sehr freute und ich bekam ein dolles Leckerchen.
Ich weiß nicht wirklich wofür ich es bekam - aber ich freute mich auch.

Frauchen schaute sich die Pfote von dem alten Hundeopa genau an und auch sie konnte keinerlei Hinweis auf die frühere Warze finden.

Toll - wir waren alle total begeistert.

Wir trafen die Frau und den Foxi auch weiterhin ganz oft auf unserer Morgenrunde.

Nach mehreren Monaten hatte die Frau es sogar geschafft auch noch zwei größere Warzen an Foxi´s Rücken für immer „verschwinden" zu lassen.

Sie bespricht noch heute jeden Abend die Warzen an ihrem Hund und immer, wenn mal wieder eine verschwindet, berichtet sie uns von dem „Wunder".

Was ganz toll ist; es ist seit der ersten Phase der „Warzenbehandlung", keine neue mehr gekommen.
Schon das alleine ist doch ein toller Erfolg.

Foxi ist nun fast siebzehn Jahre alt und er ist mein Kumpel geworden. Ich habe ihn noch nie angekläfft, denn irgendwie hat

Frauchen ja recht.

Vor alten, weisen Wesen muss man einfach Respekt haben und den haben Frauchen und ich auch vor solchen Wundern, die doch immer mal wieder passieren.

Man sagt ja auch, dass Glaube Berge versetzt. Vielleicht war es tatsächlich nur der Glaube.

Aber ist doch ganz egal - die Warzen verschwanden und Foxi humpelt nicht mehr. Nur das zählt.

Reiki - was ist das?

Auch das kann man nicht sehen, nicht hören und nicht schmecken. Eigentlich ist es genauso unerklärlich wie das Verschwinden der Warzen bei meinem alten Hundekumpel Foxi.

Frauchen hat 1998 ihre Prüfung als Reikilehrerin gemacht.

Damals war das noch so, dass man drei Jahre lang jedes Wochenende zu einem Reikilehrer gehen musste und da alles lernte, was mit dieser Energie zu tun hatte.

Heute gibt es Reikipraktizierende, die das an einem Wochenende „mal eben" alles gelernt haben.

Nun ja, Frauchen hat also drei Jahre gebraucht, bis sie mit Reiki arbeiten durfte.

Obwohl manchmal sagt sie heute, dass es sogar Menschen gibt, die haben „das" einfach in sich. Was dieses „das" ist weiß ich nicht so genau. Aber egal ob Frauchen es auch in sich hatte oder ob sie drei Jahre üben musste - heute kann sie mit dieser seltsamen Kraft wirklich einiges bewirken.

Da gibt es so viele Beispiele für „unsere" Erfolge - aber ich werde mal drei hier aufführen.

Eine Frau mit ihrem Kampfhund „Staffy" kam zu uns.
Das ist schon zwei Jahre her.

Ach ja, ich soll ja nicht Kampfhund sagen. Da wird Frauchen

immer sauer, denn sie sagt immer, dass es keine Kampfhunde gibt; sondern, dass es nur die Leute sind, die aus netten Hunden solche Tiere machen.

Aber der Name lässt ja schon erkennen, dass es wohl kein Yorkie war - obwohl... ein Terrier ist er.

Dieser Staffy hatte immer wieder mit Ekzemen in den Ohren zu tun. Sein Frauchen tat alles für ihn und hatte schon viele Tierärzte aufgesucht. Von Antibiotikum bis hin zum Umstellen der Ernährung hatte nichts geholfen.

Staffy und sein Frauchen kamen ganze 200 Kilometer bis zu uns.

Wie immer erklärte mein Frauchen der fremden Frau erst einmal, dass es keine Garantie auf „Heilung" gäbe - wobei man mit Reiki ohnehin gar nicht heilen darf. Das dürfen nur Tierärzte.
Aber egal, dann eben auch keine Garantie auf Besserung.

Die Frau verstand und wollte es trotzdem versuchen.

So zeigte mein Frauchen ihr wie man die Hände auflegen muss und, dass man das am besten jeden Tag machen sollte.

Bei 200 Kilometern Anfahrt nicht gerade günstig. Also schlug Frauchen der Frau vor, selbst die Grundbegriffe des Energiesystems zu erlernen. Nicht eine komplette Ausbildung sondern nur soviel, dass sie ihrem Staffy helfen könnte.

Gesagt – getan.

Die Frau kam also an vier Wochenenden zu uns und natürlich gab mein Frauchen dem Staffy auch jedes Mal eine Reikisitzung.
Manchmal sogar mehrere, denn an ihm konnte man toll „üben". Er ließ sich alles gefallen und schlief oft mitten bei einer „Behandlung"ein. Geschnarcht hat der, Ihr glaubt es kaum.
Ich war nicht dabei - aber Frauchen hat es erzählt.

Tja, und dann etwas Tolles.
Als die Frau zum letzten Mal kam und danach dann selbst täglich die Reikikraft für ihren Hund fließen lassen wollte, passierte es. Der Staffy hatte wie immer, sein Ekzem im Ohr. Frauchen legte wieder die Hände um den dicken Staffy-Kopf und auf einmal kam Eiter aus dem Ohr (das Ekzem war aufgegangen). Im ersten Moment haben sich alle erschrocken. Frauchen war aber sofort ganz ruhig und erklärte, dass das immer sehr gute Folgen hätte.

Und tatsächlich.

Nachdem die beiden nach Hause gefahren waren rief die Frau bei uns an; sie war total überrascht.
Schon am nächsten Morgen hatte sie ihre Reikikenntnisse wieder an Staffy „auslassen" wollen - aber es war keine Beule mehr im Ohr zu sehen.
Frauchen riet ihr trotzdem jeden Tag die Energie fließen zu lassen, denn oft käme so etwas doch noch wieder, wenn der Eiter auch erst einmal aus dem Ohr heraus war.

Weitere vier Wochen später rief uns die Frau wieder an. Es war nichts mehr passiert. Das Ohr sähe aus „wie neu" und sie hätte diese Grundausbildung wohl gar nicht machen müssen. Aber sie war trotzdem froh, dass sie die Grundkenntnisse nun besaß, denn wer weiß was kommt. Man kann das ja immer mal gebrauchen.

Frauchen war total stolz und bis heute bekommen wir noch immer ab und an eine Karte von Staffy und seinem Frauchen. Er hat nie wieder Probleme mit seinen Ohren gehabt.

In einem anderen Fall, hat Reiki mal eben im Vorbeigehen geholfen.

Wir machten gerade unsere Gassirunde, als wir einen Mann mit seinem Dackel am Ufer des Möhnesees stehen sahen. Der Hund blutete doll aus der Pfote.

Frauchen lief sofort hin und erkannte, dass der Hund sich wohl an einer Scherbe geschnitten hatte. Frauchen, die ja weiß, dass gerade Männer meist sehr ungläubig sind, was alternative Heilmethoden angeht, sagte nur zu dem Herrchen vom Dackel, ob sie mal eben helfen dürfte.
Der war total verdattert und nickte.

Die Pfote von Wasti, so hieß der Dackel, blutete ganz doll.

Ich wurde an einem Baum angebunden und Frauchen kniete sich vor den Wasti. Dann nahm sie seine Pfote hoch und legte ihre Hand ganz leicht unter den Hundefuß.
Es dauerte nicht mal eine Minute und das Blut tropfte nicht mehr in ihre Hand.

Sie sagte zu dem Mann, dass er Zuhause die Wunde gut säubern sollte. Der war so verdutzt, dass er seinen Dackel nahm und ging - ohne ein Wort zu sagen!

Am nächsten Tag trafen wir die beiden wieder. Da bedankte er sich ganz ausgiebig und ich bekam ein Leckerchen.

Er sei total verwirrt gewesen und Zuhause habe er die Wunde gar nicht mehr berühren mögen, da er Angst hatte, dass es wieder anfangen würde zu bluten.

Er fuhr zum Tierarzt und der meinte nur, dass es doch alles gut aussähe und, dass man denken könnte, dass die Verletzung schon mehrere Tage alt wäre.

Tja, wieder mal ein großer Erfolg und das einfach so auf die Schnelle.

Und als drittes da hatte Frauchen bei mir Erfolg mit Reiki.

Als ich mit nur zwei Jahren 22 Zähne gezogen bekam, da dachten wir alle, dass ich ewig lange nicht würde fressen können. Und das, wo ich doch als kleiner Mickerling nur drei Kilo schwer bin. Und damals wog ich noch weniger.

Die Operation war sicher schlimm; aber daran kann ich mich nicht mehr erinnern.
Aber als ich aufwachte saß Frauchen schon mit mir auf dem Boden und sie hielt immer die Hände über mein Maul. Sie hat gar nicht richtig angefasst, denn das hätte mir ja weh getan. Sie hielt ihre Hände in ganz kleinem Abstand über meine

Schnauze. Erst dachte ich, sie wollte einfach nicht sehen, wie schlimm ich aussehe. Aber dann merkte ich, dass ich wieder müde wurde und schon wieder einschlafen musste.

Immer wieder hielt Frauchen ihre Hände hin und als wir am nächsten Tag zum Tierdoc fuhren, meinte der, dass alles richtig gut aussähe.
Da er zwar ein Schulmediziner, aber auch ein sehr zugänglicher Mensch ist, was andere Heilmethoden angeht, sagte Frauchen ihm, dass ich mehrere Stunden Reiki bekommen hatte.
Er war der Meinung,dass es besser nicht aussehen könnte. Am gleichen Abend - also eine Tag nach der Operation, konnte ich schon wieder Leberwurst essen. Die Gläschen mit Babynahrung, die Frauchen vorsichtshalber gekauft hatte probierte ich viel später - eher mal aus Spaß - und ich muss sagen, die schmeckten auch echt lecker.

Nach ein paar Tagen hätte ich glatt wieder mein Hundefutter essen können - aber ich habe es noch etwas ausgenutzt, dass Frauchen so gelitten hat.

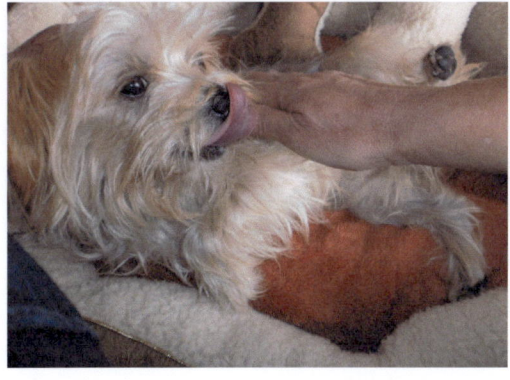

Krach - oder hilft das wirklich?

Na, da war ich aber am Anfang ganz skeptisch, als Frauchen diese komischen Schüsseln aus ihrem Praxisraum holte und sie auf meinen Wohnzimmertisch platzierte.

Aber erst einmal von Anfang an.

Also ich habe diese kleinen und etwas größeren Schalen natürlich schon oft gesehen, wenn ich mit (oder auch heimlich ohne) Frauchen in unserer oberen Etage war; da wo sich früher Frauchens Praxis befand.

Wenn ich mal wieder Blödsinn da im Raum gemacht habe, dann hat Frauchen mit dem komischen Holz ganz doll an so eine Schüssel gehauen und ich habe mich immer total erschreckt.
Ganz schnell bin ich dann die Treppe herunter geflitzt, denn ich mag keine lauten Geräusche.

Frauchen hat schon mal zu mir gesagt, dass diese Klangdinger aber auch Gutes tun können.

Na, mir nicht, meine Ohren schmerzen davon.

Ich hatte dann auch ganz lange gar nicht mehr an die seltsamen Schalen gedacht; als Frauchen kürzlich am Telefon über diese Klangtherapie sprach.

Mit dem Frauchen von einem Hundekumpel von mir.

Der Fritzi, der ist ein ganz netter. Er ist genauso klein wie ich.

Ja echt, es gibt noch so einen Winzling wie mich.
Der ist aber noch gemischter, was die Rassen angeht. Ich bin ja nur Yorkie und Malteser.
Der sieht aus, als wären mindestens vier Rassen an ihm beteiligt. Das Gesicht ist wie das von einem Affenpinscher.

Kennt Ihr die Rasse? Da stehen die Haare so ab im Gesicht und die Augen sind ganz groß. Naja, muss es auch geben solche Kollegen. Dann hat er noch kürzere Beine als ein Dackel - und krumm sind die!

Die Ohren, die beim Affenpinscher eher etwas stehen, hängen bei ihm herunter wie bei einem Basset und naja, der Körper der ist auch recht langgezogen.

Er ist, wie gesagt so klein wie ich, aber fast doppelt so lang.
Und dann erst das Fell!
Der hat nur hier und da mal ein paar Stoppeln. Das gibt es so nur bei den chinesischen Nackthunden - aber so einer ist er sicher nicht, denn an den Beinen da hat er richtig dickes Fell.

Aber ich soll ja nicht lästern...

Frauchen sagt dann immer „Soki, guck mal in den Spiegel! Was siehst Du da? Und, willst Du über andere lachen?"

Na okay, aber jetzt wisst Ihr so ungefähr wie der Fritzi aussieht.
Aber nett ist der - total nett.

Tja und er hatte ein großes Problem.
Da er ja so lang ist hatte er immer Probleme mit dem Rücken.
Und jetzt, wo er nicht mehr der jüngste ist, da wird es immer

schlimmer.

Fritzi ist 14 Jahre alt und wie gesagt; soooooo lang!

Frauchen hatte schon oft mit diesen Klangschüsseln gearbeitet - aber immer wenn es um die Psyche eines Hundes ging.

Nun sollte diese Therapie mal bei organischen Beschwerden ausprobiert werden.

Schon am Telefon klärte Frauchen Fritzi´s Frauchen auf, dass es keine Garantie auf Besserung gebe und, dass es auch passieren könnte, dass der Fritzi die komischen Töne der Klangschalen gar nicht mögen würde und dann wäre das alles sofort erledigt.

Fritzi´s Frauchen überlegte nicht lange und nach ein paar Tagen kam sie mit meinem Hundekumpel zu uns.

Tja, ich wusste es gar nicht. Keiner hatte es mir gesagt.
Erst als Frauchen die Schüsseln und den Holzschläger - der heißt Klöppel oder so ähnlich - auf meinen Tisch stellte, da machte ich mir so meine Gedanken.

Es klingelte und Fritzi kam herein - er ging ganz komisch - so steif und ungelenk...

Frauchen setzte ihn sofort auf die weiche Decke, die auf meinem Tisch ausgebreitet wurde.
Er legte sich augenblicklich hin.
Dann haben die beiden Frauchen erst noch lange miteinander

geredet und der Fritzi der schlief doch glatt mitten auf unserem Wohnzimmertisch ein.

Dann nahm Frauchen eine mittelgroße Klangschale und ging in die Küche. Die Türen blieben auf und als Frauchen mit dem Holz an die Schüssel schlug, hörte man nur einen ganz leisen Klang.
War gar nicht schlimm für meine Ohren und der Fritzi der drehte nur kurz den Kopf etwas und schlief weiter.

Frauchen kam dann immer etwas näher mit der Schale und der Klang wurde ganz langsam intensiver.

Fritzi schaute auf und wälzte sich hin und her. Unangenehm war ihm das Geräusch ganz sicher nicht.

Frauchen meinte, dass man nicht sofort zu viel machen sollte und so schlug sie die Klangschale nur einige Minuten in sicherer Entfernung von Fritzi ganz leise an.

Der blieb tatsächlich die ganze Zeit da liegen und ab und an grunzte er sogar. Der fühlte sich sichtlich wohl.

Mir war das schon fast wieder zu laut. Dieser langgezogene Klang - na, ich weiß nicht.

Unsere beiden Frauchen tranken noch einen Tee und dann wurden die nächsten Termine ausgemacht.

Zuerst einmal sollte Fritzi sieben Tage hintereinander die Töne der Schalen zu hören bekommen - immer etwas lauter oder besser; Frauchen wollte immer etwas näher an ihn heran gehen mit den Schüsseln.

So war es dann auch und nach einer Woche da standen zwei Klangschalen (eine mittlere und eine kleinere mit einem höheren Ton) ganz direkt neben Fritzi.
Der blieb noch wie am ersten Tag total ruhig bei den Klängen.

Ich hatte mich lieber in meinen Sessel zurückgezogen und beobachtete das ganze aus sicherer Entfernung.
Wobei, ich muss ja zugeben, dass Frauchen nicht ein einziges Mal so richtig doll an die Schale schlug; nicht so wie oben, wenn ich Blödsinn mache.

Dann fing die zweite Woche an und da Fritzi immer so ruhig und gelassen alles über sich ergehen ließ sollten noch einmal sieben Tage am Stück folgen.

Am insgesamt neunten Tag stellte Frauchen die mittlere Klangschale ganz leicht auf Fritzi´s Rücken.

Die Schüssel wurde nur so ganz eben aufgesetzt, denn die Schalen sind schwer und wie gesagt, Fritzi ist ja auch nur ein Mickerling wie ich.

Fritzi bewegte sich keinen Millimeter. Er streckte seine Pfoten weit von sich weg und lag flach auf dem Bauch auf meinem Tisch.

Und immer, wenn Frauchen mit dem Holz oben an der Kante der Schale herumfuhr, dann machte er so einen kleinen Grunzlaut.

Für mich unverständlich, denn gerade diese ganz langgezogenen Töne, die mag ich gar nicht.

Von dem Tag an konnte Frauchen jeden Tag eine Schale direkt auf den Fritzi „stellen" und durch die Schwingungen des Klanges sollte sich dann sein Rücken entspannen.

Ob das wirklich der Fall war weiß ich nicht; aber eines war ganz klar, der ganze Fritzi, der war echt so was von entspannt; so bin ich nur im Schlaf.

Diese Klangschalensitzungen gingen noch ganze drei Wochen weiter und dann??? Ja, selbst ich konnte sehen, dass Fritzi ganz anders laufen konnte, als damals, als er zum ersten Mal zu uns kam.

Er wollte sogar ab und an mit mir spielen. Und da Frauchen gar nicht meckerte haben wir das dann auch gemacht.

Da auch Fritzi´s Frauchen total begeistert war von der Klangschalentherapie kamen die beiden alle paar Wochen vorbei und Fritzi bekam drei Tage hintereinander die Klangschalen auf den Rücken gestellt.

Bis heute läuft er richtig rund - wie Frauchen das immer nennt.

Und was ganz doll ist, da ich ja meinen Kumpel nicht aus den Augen lassen wollte, wenn er auf meinem Tisch „behandelt" wurde, habe auch ich mich inzwischen an die Töne der Klangschalen gewöhnt.

Allerdings wenn ich wieder mal Blödsinn mache und Frauchen

schlägt ganz „brutal" an die Schüssel, dann....?

Ja, dann tut es noch immer weh in meinen Ohren.

Aber das ist wieder typisch.
Ich soll mich von allen Dingen, die in Frauchens früherer Praxis stehen fernhalten - aber jetzt, wo sie ein Foto machen will, da soll ich mich in die Nähe der gefährlichen Schüsseln begeben.

Komisch, Frauchen weiß auch nicht was sie will...

Duft - ja es riecht ganz gut - manchmal

Aromatherapie für Hundenasen.

Ja, Ihr wisst ja, dass mein Frauchen oft mit komischen Heilmethoden arbeitet. Aber, dass man tatsächlich wieder gesund werden kann, nur weil man ganz komische Dinge riecht; dass habe ich auch nicht gewusst.

Frauchen hat oben in ihrem ehemaligen Praxisraum so ganz viele kleine Fläschchen stehen und immer wenn ich da mal dran riechen wollte hat sie mich angeherrscht:
„Soki; Nase weg!"

Nun ja, wie ist das doch gleich?
Was einem nicht erlaubt wird erscheint besonders interessant und so bin ich mal ganz alleine nach oben geschlichen und habe an mehreren der Fläschchen geschnuppert. Nicht nur das, ich habe auch dran geleckt.

Oh je, war mir schlecht und dieses ekelige Brennen auf der Zunge.

Bestimmt hätte Frauchen mir irgendwie helfen können; aber ich durfte ihr ja nicht sagen, dass ich wieder heimlich oben war.

Also habe ich erst einmal ganz viel Wasser getrunken... Hat leider gar nichts gebracht. Eher im Gegenteil; der Ekelgeschmack wurde noch heftiger und ich hatte das Gefühl eine pelzige Zunge zu haben.

Abends konnte ich mein Gute-Nacht-Leckerlie nicht mal richtig schmecken. Die Leberwurst schien faul zu sein. Aber ich durfte ja nicht klagen.

Am nächsten Morgen ging es dann zum Glück wieder und seither habe ich immer einen großen Bogen um diese Duftfläschchen gemacht.

Doch erst kürzlich hatten wir einen Hund hier, dem Frauchen mit diesem Zeugs geholfen hat.

Frauchen hatte ganz lange mit dem anderen Frauchen telefoniert und dann kam sie mit ihrem Mülli zu uns.

Ja, der heißt echt so. Warum? Das hat schon einen Grund.
Der ist in Spanien ganz lange immer alleine auf der Straße herumgelaufen und hat sich von Resten ernährt. Eben von dem, was die Leute so weggeworfen haben. Er lebte vom Müll.

Sein Frauchen machte damals Urlaub in Spanien und beobachtete den kleinen Hund mehrere Tage. Dann nahm sie ihn mit in ihr Wohnmobil und danach auch zu sich nach Hause - nach Deutschland.

Mülli musste seither garantiert nie mehr Müll fressen; aber seinen Namen behielt er.

Ja, und dieser Mülli, ein Mix aus Pudel, Dackel und Dalmatiner, der kam also zu uns.

Geht das überhaupt?
Ein Mischling aus so vielen Rassen? Die Beine sind garantiert

vom Dackel - ohne Zweifel, die Form hat er vom Pudel und die Punkte, die können doch nur vom Dalmatiner sein...

Der Mülli hatte so doll Angst, wenn er alleine bleiben musste, dass sein Frauchen befürchtete bald ihre Arbeit zu verlieren.

Immer wenn sie für drei Stunden pro Tag aus dem Haus ging, fing Mülli erst an ganz leise zu winseln. Das ging dann eine ganze Weile so und dann wurde es schlimmer. Mit steigender Lautstärke verwandelte er sich angeblich in einen echten Wolf.

Naja, die Optik und dann ein Wolf? Schwer vorstellbar.

Aber Frauchen sagt, dass es wirklich stimmte.

Sie war einmal hingefahren zu Mülli und seinem Frauchen um sich vor Ort ein Bild von der Angst des Hundes zu machen. Und nachdem sein Frauchen ca. fünfzehn Minuten aus der Wohnung verschwunden war, hatte er geheult wie ein Wolf.

Das brachte die Nachbarn zur Verzweiflung und war ja auch für den Mülli selbst nicht gut. Er stand so unter Stress, dass er selbst wenn sein Frauchen wieder zu Hause ankam, noch stundenlang zitterte und außerdem ließ er sie keine Sekunde aus den Augen.
Also wirklich eine schlimme Situation.

Nun war Mülli also bei uns und wie immer gab es die „Behandlung" (wir behandeln ja nicht; wir versuchen ja nur zu helfen) auf meinem Wohnzimmertisch.

Frauchen meinte, dass es so für eine Hundenase besser wäre,

als wenn so viel Aromen gleichzeitig aufgenommen würden.

Bei mir macht sie nie so ein Theater, wenn ich mal mit nach oben gehe.

Da riecht es zwar ab und an auch etwas, auch wenn alle Fläschchen verschlossen sind; aber mir scheint das nicht zu schaden.

Nun egal, Mülli legte sich schon bei der ersten Sitzung ganz entspannt aus meinen Tisch.

Zumindest hat Frauchen eine eigene Decke für ihre Besucherhunde. Wäre ja auch noch schöner, wenn die auch da noch meine bekämen.

Frauchen hatte Rosenöl herausgesucht.
Zuerst machte sie einen Tropfen auf ihre Hand und ließ den Mülli daran schnuppern. Es kommt nämlich auch mal vor, dass Hunde einen Geruch, der ihnen laut Büchern und Erfahrungswerten helfen könnte, gar nicht mögen; und dann wählt Frauchen sofort eine andere Sorte Duft aus.

Der Hund soll sich wohlfühlen.
Und Mülli fühlte sich sichtlich wohl. Er schnüffelte gierig an Frauchens Hand und leckte sogar daran. Mensch, ob dem auch gleich so schlecht werden würde, wie mir damals?

Anscheinend nicht! Er legte sich auf den Rücke; „Bäuchi" in die Luft.

Da holte Frauchen ein kleines Kissen, wo man auch Katzenminze herein füllen kann.
Sie machte ein paar Tropfen Rosenöl darauf und rieb damit über Müllis Fell. Er roch jetzt richtig gut. Und er blieb noch immer auf den Rücken liegen.

Frauchen erklärte dem anderen Frauchen in der Zeit, dass Rosenöl für die innere Ruhe gut ist und, dass der Mülli so vielleicht entspannter alleine sein könnte.

Das würde allerdings nicht von jetzt auf gleich gehen und wie bei fast all diesen alternativen Heilmethoden, wäre Geduld von Vorteil. Mülli´s Frauchen hatte schon so viele Dinge ausprobiert und sie setzte all ihre Hoffnung in das Rosenöl.

Frauchen mischte ihr eine kleine Flasche von dem Öl zusammen – das wird nämlich immer anders dosiert; je nach Beschwerden und auch nach Größe und Gewicht des Hundes.

Dann bereitete mein Frauchen Mülli´s Frauchen darauf vor, dass sie nun erst einmal mindestens drei Wochen jeden Tag nur abwarten könne; und jeden Morgen ein paar Tropfen des Rosenöls auf Mülli´s Kissen in seinem Körbchen geben sollte.

So verblieben wir uns stellten und darauf ein, in 21 Tagen wieder von den beiden zu hören.

Aber weit gefehlt!
Schon nach genau einer Woche klingelte unser Telefon und Frauchen erhielt eine Nachricht von „Frau Mülli"; wie wir sie inzwischen „getauft" hatten.

Und was sie zu sagen hatte warf sogar Frauchen völlig aus der Spur.

Meist ist es ja schon so, dass die Hundebesitzer anrufen weil irgend etwas nicht schnell genug geht oder weil sie eben doch die Geduld verlieren.

Ganz anders in diesem Fall.

Mülli konnte innerhalb von sieben Tagen alleine bleiben. Er jaulte nicht, winselte nicht einmal mehr, wenn sein Frauchen das Haus verließ.

Sogar mein Frauchen glaubte da doch fast an einen Zufall.

Die beiden Frauen unterhielten sich noch eine ganze Weile am Telefon und dann wurde ein Termin ausgemacht; wo Frauchen dann zu Mülli fuhr und sich von dem tollen Erfolg selbst überzeugen konnte.

Ich durfte nicht mit – so eine Gemeinheit.

Aber Frauchen berichtet später, dass Mülli absolut entspannt in seinem Körbchen gelegen habe und einfach nur freudig überrascht war, als sein Frauchen wieder zur Tür herein kam; und das war laut Aussage seines Frauchens schon nach sieben Tagen Rosenöl genauso gewesen.

Da sich sonst nichts, aber auch wirklich gar nichts an der Situation und der Dauer der Arbeitszeit etc. verändert hatte; musste es tatsächlich das Aroma der Rosen gewesen sein, das ihn so zur Ruhe hatten kommen lassen.

Wir haben uns noch öfter mit Mülli und seinen Frauchen getroffen.

Und irgendwann einmal gestand und die Frau dann, dass sie nicht nur auf Mülli´s Kuschelkissen, sondern auf jedes einzelne Dekokissen auf dem Sofa, so wie auch an einigen Stellen der Wohnung, wo der Hund sich gerne aufhielt, ein paar Tropfen Rosenöl verteilt hatte.

Frauchen lachte bei dem Geständnis und meinte, dass Mülli vielleicht in eine Art Koma gefallen sei, bei so viel Rosenduft.

Aber nein, gefährlich war das keinesfalls für den Kleinen und schlecht war ihm auch nicht geworden; so wie mir damals.

Heute haben sich sowohl Mülli als auch sein Frauchen an den Duft des Rosenöls gewöhnt. Aber es muss nicht mehr in der ganzen Wohnung verteilt werden. Nur ein bis zwei Tropfen direkt auf seinen Platz; und alles ist gut.

Das war ein so schöner Erfolg: Da glaubt man doch wirklich schon an Wunder.

Allerdings sagt Frauchen immer wieder, dass man normalerweise gerade bei der Arbeit mit Düften und Ölen sehr, sehr viel Geduld haben muss.

Niemals sollte man davon ausgehen, dass sich eine schwierige Situation, oder auch ein körperliches Gebrechen innerhalb weniger Tage oder nach ein oder zwei Wochen so extrem zum Guten wendet.

„Gut Ding braucht Weile!"

Das gilt auch und gerade bei der Aromatherapie.

Aber schön ist es trotzdem, wenn es auch mal diese Wunder gibt und es passiert etwas so Tolles, so schnell.

Rückfällig wird Mülli auch nicht mehr, denn er scheint nun wirklich verstanden zu haben, dass sein Frauchen immer wiederkommt.

Heilsteine

Ich will Euch heute von Frauchens Arbeit mit Heilsteinen berichten.

Ihr kennt doch sicher alle die tollen Ketten, die unsere Frauchen oft tragen. Ich meine die aus echten Steinen. Edelsteine; wie Bernstein, Granat, Bergkristall und so weiter.
Ja, und genau mit diesen Steinen, da hat Frauchen erst kürzlich mal wieder einen großen Erfolg verzeichnen können.

Also wir besitzen eine ganze Menge solcher Steine.

Obwohl Frauchen ja eigentlich gar keine Praxis mehr hat; jedenfalls nicht so wie es früher war.

Da kamen ja ganz oft Leute mit ihren Hunden zu uns.

Aber seit Frauchen unser Geld nun mit anderer Arbeit verdient, da haben wir kaum noch Kunden.
Ja, ich sage „wir", weil ich mich ja auch oft mit meinen Kumpels unterhalten habe wenn sie hierherkamen, weil ihnen etwas fehlte.

Aber gut; in dem Raum, wo die „Behandlungen" (wir dürfen ja nicht behandeln - wir heilen auch nicht ; wir helfen) früher immer stattfanden, da gibt es noch immer so einiges an Heilsteinen.

Das sind fast genau solche Steine, wie die, die man auch um den Hals und am Arm trägt.

Nur Frauchen ist immer sehr bemüht, dass wir unsere Steine von einem Steinehändler bekommen, wo die einzelnen Stücke nicht schon durch Hunderte von Händen gegangen sind.

Je mehr Menschen die Steine schon angefasst haben, desto mehr Energien hat jeder einzelne Stein auch schon aufgenommen. Es ist immer besser, wenn die Steine möglichst „neu" also „unberührt" sind.

Daher bestellen wir bei einem Mann, von dem wir wissen, dass er die Steine nicht in seinem Laden hinstellt bevor wir sie bekommen.

Ganz toll fand ich es, als wir vor langer Zeit (ich war damals noch ganz klein) mal eine Amethystdruse von diesem Menschen bekamen.

Er brachte sie selbst vorbei, damit sie nicht beim Transport mit der Post kaputtgehen konnte.

Das war ein tolles Teil - ist es noch immer. Wir besitzen sie noch.

Und genau mit dieser Druse und noch ein paar anderen Steinen hat Frauchen kürzlich einem Hund helfen können, der mehrere offene Stellen an der Pfote hatte.

Eigentlich müsste ich Euch ja erst mal sagen, was eine Druse ist... Aber ich gehe davon aus, dass Eure Frauchen und Herrchen es wissen, wie diese bestimmte Gesteinsform aussieht und wenn nicht, dann guckt unten auf das Bild. So muss ich es nicht erklären.

Also; kürzlich trafen wir auf unserer Gassirunde ein Frau mit einem ganz kleinen Hund. Ja, der war echt noch kleiner als ich - ehrlich; das gibt es!

Der Kleine hatte die Pfote dick verbunden und weil er ja so winzig war, sah es aus, als würde er den dicken Fuß mit so viel Verband gar nicht hochheben können.

Er humpelte und es sah richtig lustig aus, wie er so daher taumelte.

Ich durfte aber nicht lachen, denn Frauchen sagt immer, dass man sich nicht auf Kosten anderer lustig macht.

Wir gingen also zu der Frau und dem Humpelbein.

Frauchen fragte sofort, was denn mit dem Bein passiert wäre.

Die Frau sagte, dass der Kleine - der heißt tatsächlich Nero - von Geburt an mehrere offene Stellen an der Pfote hatte. Sie habe den Welpen sehr günstig erstanden und nun seien die Tierarztkosten schon immens geworden.

Frauchen fragte ob man die Pfote mal ohne Verband sehen könnte. Und wir durften uns das Leid ansehen.

Mir wurde fast schlecht... Alles total offen und blutig. Von mehreren Stellen konnte gar keine Rede sein. Die ganze winzige Pfote sah total „matschig" aus.
Viel schlimmer als meine, wenn ich mal wieder ein Pfotenekzem habe.

Frauchen fragte die Frau ob sie mal zu uns kommen wollte. Es gäbe keine Garantie auf Besserung, aber einen Versuch sei es doch wert.

Die Frau stimmte sofort zu und ging direkt mit zu uns nach Hause.

Frauchen ermahnte mich ganz lieb zu sein und dann durfte ich zusehen, was da so gemacht wurde.

Zuerst kam der Verband, der nur notdürftig wieder angelegt worden war, ab.

Dann wusch Frauchen das Bein von dem Kleinen und machte dann für ein paar Minuten eine Kompresse mit kolloidalem Silber darauf.

Der Nero war ganz lieb - er weinte nicht einmal. Machte seinem Namen alle Ehre.

Dann holte Frauchen Steine aus unserem früheren Praxisraum.

Das ganze fand bei uns im Wohnzimmer statt; da fühlen sich die Hundies ohnehin viel wohler als früher in der Praxis.

Mitten auf unserem Wohnzimmertisch baute Frauchen die Steine auf.
Sie hatte auch die Druse mitgebracht und davor wurden ganz viele Steine im Halbkreis hingelegt.

Und dann legte Frauchen den Nero mitten rein. Er blieb ganz ruhig liegen. Manchmal brummte er ganz leise.

Und dann drehte er sich so hin, dass die Steine alle unter seinem Bauch lagen.

Komisch, ich dachte, der hätte es an der Pfote.

Frauchen erklärte dem anderen Frauchen , dass es nicht so wichtig wäre, dass die Steine genau an der verletzten Stelle liegen würden.

Die Steine sorgen in erster Linie dafür, dass die Energien im Körper wieder gleichmäßig fließen und dadurch werden dann auch die Selbstheilungskräfte wieder angeregt.

Ich habe es nicht so wirklich verstanden.
Aber auch für mich war klar ersichtlich, dass sich der Nero zwischen all den Steinen wohlfühlte.

So konnte Frauchen sogar zwischendurch weggehen und für die andere Frau und sich einen Tee kochen. Nero schlief mitten auf unserem Wohnzimmertisch.

Eigentlich eine Unverschämtheit - ich darf da nicht einmal drauf sitzen.

Als der arme Hund dann wieder aufwachte, machte Frauchen noch einmal kolloidales Silber auf die Pfote und dann kam wieder der Verband an den schlimmen Fuß.

Das Frauchen von Nero fragte wann sie wiederkommen könnten und Frauchen meinte; dass sie am besten eine Woche täglich kommen sollten.
Das Ganze sei nur ein Versuch und kostenlos; aber man sollte

schon mehrere Tage hintereinander mit den Steinen arbeiten.

Und so kamen die beiden eine ganze Woche zu uns.

Nachdem die sieben Tage um waren sah die Pfote deutlich besser aus. Noch lange nicht so wie meine (wenn sie denn mal kein Ekzem hat); aber es war nichts mehr nass und ekelig. Teilweise hatte sich Schorf gebildet und an einigen Stellen war sogar eine ganz dünne Hautschicht zu erkennen.

Frauchen hatte nur am ersten Tag mit dem kolloidalen Silber gearbeitet, denn sie sagt immer, dass man nicht alles zusammen machen kann, weil man dann nachher nicht weiß, was geholfen hat.

Da die Frau und ihr Nero immer eine ganze Weile fahren mussten bis zu uns, hatte Frauchen dann eine Idee.

Sie suchte drei Sorten Steine heraus und gab sie der Frau mit.
Diese sollte nun ein oder auch zweimal täglich aus den Steinen einen Kreis auslegen und den Nero mitten herein setzen.
Und das erst einmal wieder für sieben Tage.

Sie machte es und zwar mindestens zweimal täglich. Eine Amethystdruse hatte sie nicht Zuhause, aber auch die anderen Steine brachten Erfolg. Als sie nach der Zeit wieder mit Nero bei uns im Wohnzimmer saß musste ich mich gar nicht mehr ekeln. Die Nero-Pfote sah super gut aus. Es gab noch einige Stellen wo Fell fehlte. Aber ansonsten war das Bein komplett gesund.

Was es nun gewesen war und warum kein Tierarzt hatte helfen

können, das konnte Frauchen auch nicht erklären.
Der kleine Nero hatte sowohl Antibiotikum als auch Cortison bekommen - aber geholfen hatte es nicht.

Ja, das kennen wir ja auch von mir.

Sehr oft habe ich mit Pfotenekzemen zu tun.
Am Anfang gingen wir dann auch zum Tierdoc. Ich bekam immer eine Spritze mit Antibiotikum.

Danach war mir dann so... schlecht, dass ich meine schlimme Pfote gar nicht mehr spürte. Der Magen tat so weh...

Und die Heilung der Ekzeme brauchte trotzdem seine Zeit.

Heute machen wir es immer so, dass Frauchen sofort wenn sie merkt, dass ich wieder mal so rote Stellen zwischen meinen Zehen habe, kolloidales Silber nimmt, und meine Füße damit reinigt.
Dann werde ich mehrmals am Tag in einen Steine-Heilkreis gelegt und am Abend bekomme ich, wenn es denn doch mal ganz schlimm wird (was meist nur so ist, wenn ich wiedermal trotz der leichten Entzündung noch herum renne wie ein Wilder) Babypuder auf die schmerzende Stelle.

Auf jeden Fall treffen wir Nero und sein Frauchen immer noch hin und wieder und es war schon sehr beeindruckend, wie begeistert diese Frau von dem Heilerfolg mit den Edelsteinen war.

Sie hat sich selbst inzwischen mehrere Steine angeschafft und zwei Bücher kennt sie auch schon fast auswendig, wo es darum geht, wann man wie und mit welchen Steinen helfen kann.

Und wieder haben wir übrigens eine tolle Spende bekommen.

Neros Frauchen macht selber sehr viel für arme Tiere und als sie hörte, dass auch mein Frauchen seit mehr als 20 Jahren im Tierschutz Einsatz zeigt, da hat sie uns einen Briefumschlag mit Inhalt gebracht.

Ja, so heißt das bei uns, wenn Frauchen wieder mal Unterstützung in Form von Geld für ihre Tierschutzarbeit bekommt.

Und ich bekam ein Leckerchen - ja das war klasse.

Buntes Licht

Immer wenn ich nach oben in die frühere Praxis gehe komme ich an so einer komischen Lampe vorbei. Die ist nicht eingeschaltet.
Daneben auf dem Regal liegen so durchsichtige runde Dinger... da könnte man prima mit spielen.
Das lass ich dann aber mal lieber, denn das würde sicher wieder Stress mit Frauchen geben.

Für mich wurde diese Lampe noch nie benutzt - jedenfalls kann ich mich nicht dran erinnern.

Um so neugieriger war ich, als Frauchen diese Lampe in unser Wohnzimmer transportierte.

Und diese schönen bunten Scheiben legte sie auf den Tisch.

Es dauerte gar nicht lange und es schellte.
Uih, den kannte ich ja – das war der kleine Mopsi, der da vor unserer Tür stand und daneben sein Frauchen.

Da musste mein Frauchen wohl heimlich mit Mopsis Frauchen telefoniert haben...

Mopsi legte sich erst einmal in die Küche – also ganz weit weg von uns allen.
Ich durfte da nicht hingehen - Frauchen hatte so komische Falten auf der Stirn - nicht die normalen Falten, die sie immer hat – sondern so andere, die sie auch immer bekommt, wenn ich Blödsinn mache.

Sie guckte in meine Richtung und das sollte heißen, dass ich auf meinen Platz gehen soll. Ja ich verstehe so was sogar nur durch Blickkontakt.

Okay ich geh ja schon...
Und schon kommt Mopsi näher heran.

Hatte der etwa Angst vor mir???

Frauchen hält eine bunte Scheibe hin und Mopsi darf dran schnuppern.

Was soll das? Ich darf das nie!

Okay, der Dicke muss ja wohl ein Leiden haben; sonst wäre er nicht hier in meinem Wohnzimmer.
Übrigens, nein das ist keine Beleidigung - der ist wirklich richtig rund.

Und dann geht es los.
Mopsi wird auf den Tisch gesetzt – auf eine bunte Decke – zum Glück nicht meine. Dann macht Frauchen die Lampe mit grünem Licht an.

Und was soll das denn? Der Mopsi legt sich sofort lang ausgestreckt hin und grunzt. Ja der macht Töne wie diese Tiere die immer so schwarz sind am Bauch: die wir sehen wenn wir am Bauernhof unsere Frühstückseier holen. Dann sagt Frauchen immer, dass das Schweine sind und die suhlen sich im Matsch.

Ob der Mopsi auch ein Schwein ist? Ich habe aber noch nie

gesehen, dass er einen dunklen Bauch hat.

Nein, hat er nicht... Er liegt mittlerweile auf dem Rücken und dieses komische Geräusch aus seiner Nase ist ganz gleichmäßig geworden.

Beide Frauchen schauen ganz gespannt wie der Mopsi da so herum liegt.
Komisch mir sieht nie einer zu, wenn ich auf dem Tisch liege und Töne von mir gebe. Ganz im Gegenteil. Dann kommt Frauchen und brüllt los, dass ein Hund nicht auf den Tisch gehört.
Okay, dann ist der Mopsi also wohl kein Hund – vielleicht doch ein Schwein?

Das ganze Zeremoniell dauert fast eine Viertelstunde.

Dann macht Frauchen die Lampe aus und der Dicke steht auch ganz langsam auf.

Zum Glück reden die beiden Frauchen nun miteinander, damit ich endlich erfahre, was das alles sollte.

Also der Mopsi hat seit einiger Zeit immer Probleme mit dem Rücken und er kann dann nicht schnell laufen.

Ob das wohl wirklich eine Krankheit ist? Vielleicht sollte der mal abnehmen... Frauchen sagt doch zu ihrer Freundin auch immer, dass sie mal nur die Hälfte essen und dann doppelt so schnell laufen soll.
Und die Freundin sieht fast so aus wie Mopsi. Naja zumindest

von der Form her.

Ich glaube das darf ich nicht mal denken, geschweige denn sagen.
Wenn Frauchen das hört, kriege ich wieder ganz schlimm Schimpfe. Man sagt so was nicht. Nicht über Hundekumpels und schon gar nicht über zweibeinige Wesen. Okay, war ja auch nur mal so ein Gedanke.

Durch dieses grüne Licht sollen sich also die Muskeln und was man noch so alles im Rücken hat, entspannen. Dann soll alles ganz locker werden – und letztendlich soll der Mopsi dann wieder besser laufen können.

Man wird ja sehen ob es klappt.

Mopsi und sein Frauchen werden für zehn Sitzungen wieder her bestellt.
Ich kann ja auch mal sagen, dass ich nicht gut laufen kann. Vielleicht legt Frauchen mich dann auch auf den Tisch und macht die Lampe an. Dann kann sie mir auch mal beim schlafen zusehen und wenn es sein muss, dann gebe ich auch noch so komische Geräusche von mir.

Nein, mach ich nicht, denn Frauchen sagt ja immer, dass man mit Krankheiten keinen Spaß macht und wer es doch tut, der bekommt dann eine Strafe.

Strafe kriege ich schon so oft genug. Da muss ich nicht auch noch wirklich krank werden.

Und dann kam der Mopsi also wirklich ganz oft.
Und es war schon sehr komisch.

Der hatte ja früher nie mit mir gespielt. Im Gegenteil. Der machte immer sofort einen Bogen wenn er mich gesehen hat.

Und nach der sechsten Sitzung da kam er auf mich zu und hat mich angebellt.

Dem ging es wohl so gut, dass er glaubte er könnte mich, den Hausherrn, blöd anmachen. Na, dem hab ich es aber gegeben. Habe ihn erst einmal ganz doll angeknurrt.
Dann habe ich mein Quitscheschwein geholt und habe es ihm immer vor die Nase gehalten. Wenn er richtig hinguckte habe ich es ganz schnell weggezogen. Ja den habe ich richtig geärgert.
Der sollte sich das mal merken. Hier gibt nur einer den Ton an - und das bin ich. Ab und an auch mal Frauchen; aber sonst keiner.

Dann war die zehnte Sitzung auch zu Ende und die beiden Frauchen haben noch ganz lange geredet.

Der Mopsi saß bei seinem Frauchen auf dem Schoß.

Der hat nie mehr versucht mich doof anzumachen.

Kann natürlich auch sein, dass er erkannt hat wie dreckig meine Quitschie immer ist und er wollte den gar nicht haben.

Nun, egal...

Mopsi´s Frauchen berichtete auf jeden Fall, das der Dicke bis zu einer halben Stunden spazieren gehen würde. Das habe es früher nie gegeben.

Auch wenn ich das nicht verstehe. Aber es muss wohl was besonderes sein.

Ich gehe sogar zwei Stunden mit Frauchen in den Wald und wenn ich dann nicht mehr kann, meckert sie noch, dass sie mich in den Rucksack packen und tragen muss.

Aber beide Frauchen waren zufrieden und meinten, dass es wirklich alles gut geklappt hätte.

Mopsi kam dann erst nach vielen Monaten wieder zu uns.

Er wurde wieder unter das grüne Licht gelegt und es schien ihm wieder zu helfen.

Na, ich kenne mich trotzdem mit dieser Therapie nicht so wirklich aus.

Aber eins ist klar...

Für dicke Mopsies scheint das was zu bringen mit dem Licht. Das hält dann zwar nicht für ein ganzes Leben – aber immerhin für ein paar Monate.

Und wenn der Rücken dann wirklich in der Zeit nicht weh tut und die alle besser laufen können, na dann muss ja auch die Farblampentherapie was bringen.

Ich war übrigens auch jetzt mal unter der Lampe. Aber mit einer blauen Scheibe drin und ganz heimlich.

Frauchen lag auf der Couch und hatte sich das Licht angemacht.

Blau steht für Entspannung, sagte sie noch zu mir und das hieß soviel, wie, dass ich sie nicht stören soll. Habe ich ja auch nicht gemacht.

Als Frauchen die Augen schon eine ganze Weile zu hatte, habe ich mich einfach vom Fußende herangeschlichen. Ganz leise und langsam.

Als sich so in Bauchhöhe bei Frauchen angekommen war, habe ich mich ganz nah an sie gedrückt und bin einfach da liegen geblieben.

Irgendwie hatte ich zwar den Eindruck, dass Frauchen ganz kurz die Augen aufmachte und irgendwie das Gesicht verzog...

Nein, keine Wutfalten kamen auf ihr Gesicht – eher grinste sie so ein bisschen.

Daher bin ich dann auch still da liegengeblieben und wir haben so eine ganze Stunde unter der blauen Lampe entspannt.

Doch - hat mir gutgetan glaube ich und Frauchen sah nachher auch ganz gesund aus...

Und übrigens die anderen Farben von den einzelnen Scheiben, die haben natürlich alle ihre eigene Bedeutung.

Grün ist ja in erster Linie um Muskeln und Bänder zu entspannen und es hilft auch wenn man Verkrampfungen hat.

Blau entspannt eher den ganzen Menschen und natürlich auch das ganze Tier.
Also so von der Psyche her.
Das heißt, ich müsste mich immer unter die blaue Lampe legen, wenn Frauchen wieder mal mit mir geschimpft hat, denn dann bin ich psychisch total am Ende.

Rot und orange hilft bei vielen Hauterkrankungen und dann gibt es noch so Farben wie violett, lila und türkis, die werden nur in ganz speziellen Fällen eingesetzt.

Ach, und spielen darf ich mit den Scheiben nicht, weil die dann Kratzer bekommen und dann wirken sie nicht mehr – sagt Frauchen auf jeden Fall.
Ob das stimmt - ich glaube es nicht wirklich!

Kolloidales Silber – nur für reiche Leute...

Nein, Frauchen würde nie was machen, was nur reiche Leute sich leisten können.

Wir helfen doch allen und manchmal sogar ganz ohne Bezahlung. Das nennt Frauchen dann Tierschutzarbeit oder so...
Dafür bekomme ich dann aber mal ein Leckerchen von den Leuten, wenn sie sich freuen, wenn Frauchen ihrem Vierbeinern ganz ohne Geld geholfen hat.

Aber dieses kolloidale Silber war früher wirklich nur für Reiche.

Die Leute mussten Silbermünzen haben, und die arme Bevölkerung hatte solche gar nicht.

Und irgendwann hat dann mal jemand erkannt, dass man diese Silbermünzen in Wasser legen kann; wo sie dann von ihrem Silber was verlieren und dann konnte man mit dem Wasser, wo die Silberstückchen noch drin herum schwammen manche Krankheiten heilen.

Leider hatte das Silberwasser damals den Nebeneffekt, dass Leute, die es viel eingenommen haben plötzlich blaues Blut bekamen.

Ja, die hatten dann statt rotes eben blaues Blut.

Ob das alles nur so eine Geschichte ist, ich weiß das nicht genau.

Aber Frauchen sagt, dass das durchaus stimmen kann, denn wenn man Silberwasser in großen Mengen trinkt verändert sich tatsächlich die Farbe des Blutes.
Und deshalb hat es dann sicher auch immer geheißen, dass in den Adern der Reichen blaues Blut fließt.

Haben die wohl alle zu viel Silbertaler in Wasser „aufgelöst"...

Nun, egal bei uns hat noch niemand blaues Blut bekommen.

Ich müsste dann auch schon kein rotes mehr haben, denn ich habe auch schon ganz oft dieses kolloidales Silber bekommen.

Bei mir wurde es meisten äußerlich eingesetzt.

Aber es kommen auch oft Kumpels, die bekommen es als Tropfen zum einnehmen.

Ich weiß aber ganz sicher, dass wir alle noch rotes Blut haben.

Bei mir selbst weiß ich es, weil ich kürzlich meinen letzten Zahn verloren habe...
Ja, der ist tatsächlich mal ganz freiwillig herausgefallen – alle anderen wurden ja in zwei großen OP´s von denen ich ja schon mal berichtet habe, entfernt.

Wisst Ihr doch noch... Sicher erinnert ihr euch noch an den „Tierquäler" im grünen Kittel, oder?

Dieser Zahn fiel nun einfach beim spielen heraus und er hat so ganz eben geblutet – und es war rotes Blut.

Auch bei Muffin, einem kleinen Mischlingskumpel von mir, bin ich ganz sicher, dass er noch kein blaues Blut hat.

Er kam oft zu uns; und leider hat der nie begriffen, dass ich hier der Boss bin.

Mehrmals hat er immer wieder versucht aus meinem Wassernapf zu trinken.
Mensch, das geht doch nicht.

Frauchen hat immer extra einen Napf für Gasthunde hier stehen - also für die Patienten sozusagen... und der wollte immer aus meinem was haben. Das geht gar nicht. Ich trinke doch nicht mit irgendeinem, den ich gar nicht gut kenne aus meinem Wasserpott. Niemals.

Außerdem hat Frauchen das auch gesagt...
Sie sagt immer, dass sie niemals mit einem anderen Menschen aus einem Glas trinken würde. Da kann man ja Herpes bekommen. Was das für Zeugs ist, weiß ich nicht.

Aber da Frauchen da immer einen ziemlich angewiderten Gesichtsausdruck macht muss es wohl nichts schönes ein.

Also durfte ich ihn anknurren.
Habe ich mehrmals gemacht.
Alles wie Frauchen sagte.
Erst geknurrt - dann auf ihn zugerannt und wirklich furchtbares Theater gemacht und dann....
Ja, da hat der das immer noch nicht kapiert.

Leider musste ich dann mal kurz zeigen, dass ich auch ohne Zähne noch einen festen Zubiss habe.

Bin ihm einfach an die Pfote gesprungen und habe meine Kauleiste, die ja nun mit keinem einzigen Zahn mehr bestückt ist, in sein Bein gerammt. Und siehe da, er hat immer noch rotes Blut.

Er war nicht schwer verletzt und es war auch kein Drama. Selbst die beiden Frauchen haben nur ganz leicht geschimpft und zwar jeder mit seinem Hund – nicht alle mit mir.

Danach sind der Muffin und ich dann sogar noch Freunde geworden.
Musste eben nur geklärt werden, dass ich hier sage wer, wo zu trinken hat.

Der Muffin kam damals zu uns weil er immer Probleme mit dem Magen hatte (kein Wunder, wenn man immer aus fremden Näpfen säuft).

Er konnte gar kein Hundefutter vertragen und selbst wenn sein Frauchen ihm Reis mit Huhn kochte, wurde ihm danach immer schlecht.

Er erbrach alles und wenn es mal wieder ganz schlimm war, dann konnte er nicht mal Wasser vertragen.

Klar, mit ist auch manchmal schlecht.
Dann habe ich wieder Wiese gefressen oder rege mich so doll auf, wenn die Nachbarshündin läufig ist.
Glaubt mal ja nicht, dass Frauchen dann Mitleid mit mir hat

oder mir irgendeine Medizin gibt.

Im Gegenteil meist nennt sie mich „Kotzbrocken" und kommt sofort mit dem Wischeimer an. Danach wird Zitronenduft aufgesprüht.
Igitt – das mag ich gar nicht und es hat zur Folge, dass ich niemals zweimal auf die gleiche Stelle gehe, wenn mir übel wird.
Okay das ist also was anderes.

Der Muffin, der wurde aber richtig krank und die Tierärzte hatten schon alles mögliche an ihm ausprobiert.

Er bekam so viele Sorten Medizin, dass sogar seine Magenwände schon angegriffen waren.

Dann hatte Muffin's Frauchen mal im Fernsehen was von kolloidalem Silber gehört und deshalb kam sie zu uns.

Der Muffin wurde gewogen und dann machte Frauchen eine braune Flasche mit dem Wasser-Silber-Gemisch fertig.
Es wurde ganz frisch für den Muffin hergestellt.

Ich darf da nie bei bleiben in der Küche.
Frauchen sagt, das Umfeld muss sauber sein. Als ob ich etwa nicht sauber wäre...

Frauchen holt dann so ein Gerät aus dem Medizinschrank da sind vorne so Silberstäbe dran. Die sehen fast aus wie Stifte. Dann werden die in ein Glas mit Leitungswasser gestellt und dann muss man eine ganze Weile warten.
Das Gerät kommt in die Steckdose und die Stifte stehen im

Wasser.

Ja und so passiert da irgendetwas was ich nicht verstehe.

Und nach einer ganzen Zeit nimmt Frauchen das Gerät heraus aus dem Wasserglas und dann wird das Silberwasser, wenn es abgekühlt ist, in kleine Fläschchen abgefüllt.

Und so eine Flasche bekam auch das Frauchen von Muffin.

Sie kam noch mehrmals wieder und hatte echt viel Geduld.

Fast drei Monate dauerte es und der Muffin bekam dreimal täglich ein paar Tropfen von dem Zeugs.

Aber dann wirkte es endlich und Muffin konnte wieder bestimmte Sorten Hundefutter essen.

Er vertrug noch immer nicht alles. Aber zumindest war ihm nicht mehr schlecht und er kotzte auch nicht mehr.

Ach so - ja - soll ich ja nicht sagen.
Okay, er musste sich auch nicht mehr übergeben.

Und das hat dann sogar für immer gewirkt - oder zumindest bis jetzt.

Muffin kommt ab und an auf der Gassirunde hier vorbei.
Aber kolloidales Silber muss sein Frauchen nicht mehr hier holen.

Schüßler Salze – komisches Zeugs

Ich kenne Salz irgendwie nur aus Frauchens Küche.
Da steht das mit in dem Regal, wo auch Pfeffer und Curry und all das steht, was einem Hund angeblich nicht schmeckt.

Kürzlich kam ein Hund, der manchmal mit uns auf Gassirunde geht. Sein Frauchen hatte schon mehrmals gesagt, dass er immer so unruhig und ängstlich ist und, dass er auch oft sehr schreckhaft reagiert.

Dann hat er noch Probleme mit dem Zahnfleisch. Der hatte immer alles blutig im Maul.
Dabei hatte ich vorher nicht mal mit ihm gespielt geschweige denn ihn geärgert.

Komisch, ich habe doch Zahnfleisch ohne Zähne dran und trotzdem kann ich alles kauen und ich habe nie Blut in der Schnauze.

Nun vielleicht dann mal, wenn ich wieder die harten Kaustangen geklaut habe.
Die hat Frauchen in einem geheimen Schrank liegen. Zumindest denkt sie, dass es geheim wäre.

Wenn sie mal die Tür offen lässt, ist es gar nicht mehr so geheim. Dann renne ich schnell hin und klau mir so eine ganz harte Stange.

Die sind eigentlich nur für unsere Besucherhunde - aber das sehe ich dann nicht so eng und nehme mal eine mit.

Dann geh ich ganz lieb in mein Körbchen und tu so als wäre ich plötzlich ganz müde. Drehe Frauchen den Rücken zu, damit sie mich nicht sieht und fange an, an der Riesenstange zu nagen.

Meist geht es gut. Ich esse nur so ein ganz kleines Stück.
Dann nehme ich den Rest und verschwinde hinter der Couch.
Da lege ich dann den größten Teil der Stange ab.

Manchmal ist es doof, da liegen nämlich schon eine ganze Menge Essensreste von mir. Ab und an spucke ich da auch schon mal eine Tablette aus, die Frauchen mir verabreicht hat.

Aber egal... Frauchen putzt hinter der großen Sofaecke nur einmal im Monat, denn sie muss das ja alles alleine von der Wand ziehen – und dann??? Na, dann gibt es meist ein Donnerwetter.
Aber ist okay. Ich habe fast vier Wochen Spaß beim kauen und verstecken und dafür einmal Schimpfe; das steht in einem guten Verhältnis.

Ja, und wenn ich da mal zulange an so einer XL-Stange kaue, dann kann es mal vorkommen, dass auch bei mir im Maul was blutet.
Das schmeckt dann ganz komisch und ich höre sofort auf mit dem fressen und bringe die Stange ganz schnell ins Versteck.

Frauchen darf natürlich nichts merken und ich muss ganz alleine mit meinen Schmerzen fertig werden.
Obwohl wenn ich mal recht überlege... Das tut gar nicht weh - das schmeckt nur komisch.

Aber bei meinem Hundekumpel war das mit dem bluten immer - einfach so. Ganz ohne Kaustangen.
Ja und dann haben unsere Frauchen sich über Salz unterhalten.

Der Grobian - warum der so heißt, weiß ich echt nicht; der ist ein ganz sanfter - sollte also Salz fressen.
Ob das wirklich lecker ist? Ich glaube eher nicht.

Frauchen holte aus dem Praxisraum ganz viel kleine Dosen und da war überall Salz drin?
Na, ich war gespannt.
Dann aber kamen Tabletten zum Vorschein. Solche, wie auch schon ein paar hinterm Sofa lagen.

Frauchen stellte dem Frauchen von Grobian noch viele Fragen. Wann genau er sich komisch verhielt. Und wie sich das ganze zeigte. Und noch eine ganze Menge musste sie wissen.

Dann nahm sie zwei Döschen zur Seite und es wurden viele Tabletten abgezählt.
Die bekam dann das Frauchen von Grobian mit und eine genaue Anleitung wann sie wie viele von den Salztabletten verabreichen sollte.

Es dauerte fast drei Wochen und die beiden kamen wieder zu uns.

Mama Grobian war sehr erleichtert.
Zwar war mein Kumpel noch immer nicht der mutigste, aber er war ruhiger geworden und verfiel nicht mehr immer sofort in Panik, wenn nur die kleinste Veränderung in seinem Leben stattfand.

Und vor allem gab es eine ganz tolle Neuigkeit.
Das Zahnfleischbluten war komplett verschwunden.
Unsere Frauchen tranken bei so viel Freude erst einmal einen Tee.

Dann holte mein Frauchen wieder die Salztabletten und zählte noch einmal welche ab für den Grobian.

Dieses mal kamen er und sein Frauchen erst nach zwei Monaten wieder und sie waren so voller Freude. Alles war gut und sie waren ein richtig gutes Team geworden. Grobian litt nicht mehr unter seinen seltsamen Zuständen. Er war etwas offener geworden.

Klar, so ein mutiger Kerl wie ich würde er wohl nie mehr werden. Aber okay, ich bin ja auch ein Terrier und er besteht aus Pudel und noch so einigen anderen Hundesorten.

Aber sein Frauchen war komplett zufrieden mit dem Zustand wie er nun war und vor allem konnte er sogar mal ein Leckerchen kauen ohne, dass ihm das Blut aus dem Maul lief.

Auch mein Frauchen freute sich total.

Es gibt nicht immer solche Erfolge. Manchmal geht nur eine Sache wirklich weg und andere bleiben. Oder es dauert alles so lange, dass die Besitzer der Hundekumpels keine Geduld mehr haben und die Behandlung abbrechen.

Aber manchmal funktioniert eben auch etwas ganz wunderbar.

Und diese Schüßler Salze sind schon echt eine tolle Sache. Sie basieren auf der Annahme, dass jeder Körper was den Mineralienhaushalt angeht, im Einklang sein muss. Wenn das mal nicht so ist kann es zu vielen Krankheiten kommen. Und oft gibt es dann auch psychische Erscheinungen, die gar nicht gut sind.
So hat Frauchen das auf jeden Fall einer anderen Hundemama am Telefon erklärt.
Ja ich habe gelauscht. Aber man will doch auch wissen, was die Hundekollegen so alles bekommen bei uns.

Ich freue mich doch auch immer, wenn mal wieder etwas so richtig toll geholfen hat.

Akupressur - das gefällt mir auch

Und jetzt will ich Euch noch von einer Methode berichten, die sollte echt jedes Frauchen und Herrchen selber erlernen.
Und mein Frauchen sagt, dass das gar nicht so schwer ist.

Ich sage euch; das ist so.... toll.

Ich kenne das schon lange. Das ist praktisch eine Sache, die ist gar nicht so richtig als Heilmethode zu erkennen - jedenfalls war sie es für mich nicht.

Ich hatte mal meinen Rücken kaputt. Da war ich noch ganz klein. Und ich habe immer gehumpelt.

Der „Tierquäler" mit dem grünen Kittel, der meinte damals, man solle erst einmal abwarten, denn einen Hund am Rücken zu operieren, das wäre gar nicht gut.

Ist es bei Menschen auch nicht, sagte Frauchen.
Das kann immer auch ganz schnell schief gehen und dann sitzen Mann, Frau oder Hund im Rollstuhl.

Also hat Frauchen erst einmal abgewartet ob ich irgendwann normal laufen würde.

Frauchen hat ja eh nicht die meiste Geduld und nach ein paar Wochen hat sie dann überlegt, was sie denn alles so gelernt hatte in ihrer Ausbildung zur Heilpraktikerin für Tiere.

Klar, Reiki bekam ich zu der Zeit sowieso jeden Tag mehrmals, weil ich ja so ein Mickerling war und alle dachten, ich würde

gar nicht überleben, geschweige denn mal irgendwann wachsen.
Zum Reiki bekam ich auch noch einige Sorten Homöopathie.

Eine Sorte damit mein Immunsystem stabil blieb.

Keine Ahnung, was das für ein System ist.
Aber muss wohl wichtig sein, denn Frauchen meinte immer, wenn das zusammenbricht, dann ist der Zwerg nicht mehr zu retten.

Sie hat das natürlich nicht zu mir gesagt sondern damals noch zu Herrchen. Den gab es da noch in unserem Leben.

Ich habe aber gelauscht und hatte dann ganz schön Angst, weil ich wollte doch nicht sterben.

Also muss das so etwas wie beim Auto der Motor sein, das Immunsystem, denn ein Auto kann ohne den Motor auch nicht leben.
Nun ja, so habe ich also so einiges an Stärkungsmittel bekommen - auch für meine Knochen.

Vieles hat geholfen und ich fühlte mich eigentlich recht gut. Außer, dass ich doch immer schief laufen musste, weil mir da was im Rücken so weh tat.

Durch meine krumme Haltung tat mir dann das Bein auch bald weh und irgendwie schien alles immer schlimmer zu werden.

Frauchen hatte sich inzwischen an Akupressur erinnert.

Ich wusste nicht, was das war aber irgendwie hatte ich Angst, denn Frauchen hatte mal so was vorgelesen, das hieß so ähnlich und hatte mit Nadeln zu tun.
Wobei sie hatte damals gesagt, dass sie das nie machen würde mit diesen Nadeln.

Die wollte mich doch wohl nicht mit den spitzen Dingern aufspießen oder mich überall im Rücken pieksen?

Zum Glück kam sie ohne gefährliche Gegenstände zu mir zurück und ich sollte mich einfach auf meine Decke legen.

Die lag übrigens auf dem Wohnzimmertisch, wo später auch immer die Hundekunden platziert wurden.

Ich lag also da und wartete.

Und Frauchen legte ihre Hand auf eine bestimmte Stelle an meinem Rücken. Ich merkte ganz deutlich ihre Finger.
Das war nicht so wie bei Reiki, wo man die ganze Hand bemerkt. Jeder Finger war deutlich zu spüren - eigentlich waren es aber nur zwei - die anderen merkte ich gar nicht.

So blieb ich einfach liegen und nach einer ganzen Weile nahm Frauchen mein Bein, das was immer so weh tat und auch da legte sie die Finger auf eine Stelle am Oberschenken.

Sie ließ auch da die Finger ganz lange einfach so liegen.

Manchmal war es also würde sie in gleichmäßigen Abständen etwas fester drücken. Das hatte ich eben am Rücken auch schon gemerkt.

Komisch; das war wie streicheln nur eben auf eine Stelle konzentriert.

Und wann wollte sie nun anfangen mit dieser komischen „Aku"-Sache?

Nach alles zusammen fast zwanzig Minuten meinte Frauchen ich könnte nun spielen gehen.

Was sollte das denn? Traute sie sich doch nicht bei mir so was komische wie mit oder ohne Nadeln zu machen?
Naja , vielleicht auch besser so.

In den nächsten Tagen sollte ich mich zweimal am Tag auf die Decke auf de Tisch legen und immer lief alles wieder gleich ab.

War ja schön - ich mochte diese Art der Aufmerksamkeit gerne.

Und dann hörte ich, wie Frauchen mal abends zu ihrer Freundin sagte, dass ich seit Tagen Akupressur bekäme und es mit der Humpelei schon etwas besser würde.

Klar, dass mir mein Bein nicht mehr so weh tat, hatte ich auch gemerkt. Aber was hatte das mit der komischen Streichelart zu tun, die ich seit Tagen bekam?

Egal - es dauerte fast zwei Monate bis auch mein Rücken nicht mehr weh tat und als wir wieder zu dem Typen im grünen Kittel gingen, und der mir ewig lange am Rücken und an den Beinen herum gefummelt hatte, war klar...

Frauchen hatte alles richtig gemacht

Seither habe ich nie mehr Probleme dieser Art mit dem Rücken gehabt. Und gehumpelt habe ich immer nur dann, wenn ich wieder mal was mit den Pfoten hatte.

Ja und dann kam kürzlich ein kleines Schaf zu uns. Ja so in grau – nicht die Farbe wie echte Schafe, die so beim Bauern stehen.

Frauchen redete lange mit dem Frauchen von dem Schaf und dann gingen die beiden wieder.

Klar, wir haben ja auch nur mit Hunden zu tun und ab und an mal mit einer Katze, was ich dann gar nicht so toll finde.

Aber Schafe? Das hätte noch gefehlt, dass sich da ein Schaf bei uns im Wohnzimmer auf den Tisch legt und Frauchen dann Reiki macht oder so was.

Okay, die hatten sich wohl vertan und wollten gar nicht zu uns.

Als ich das alles fast vergessen hatte, tauchten die beiden aber wieder auf.

Zu meinem Entsetzen kamen sie jetzt tatsächlich herein und das Schaf saß ganz lieb da.

Es sagte nichts, hat nicht einmal gemeckert... Ach nein, das sind ja Ziegen - die meckern. Ein Schaf blökt - glaube ich.

Aber dieses Schaf sagte nichts - gab keinen Ton von sich.

Und als sein Frauchen sagte, es solle „Sitz" machen, gehorchte es sofort.

Komisch auch, dass es nicht so roch wie die Schafe die ich kannte. Es roch - ja, fast wie ich.

Und dann glaubte ich meinen Augen und Ohren nicht zu trauen.

Nachdem die beiden Frauchen geredet hatten wurde das Schaf auf den Tisch gestellt und auf Befehl seines Frauchen legte es sich sofort hin.

Dann machte Frauchen „das", was sie damals an meinem Rücken und meinem Bein getan hatte.

Sie legte die Hände drauf, fast wie bei Reiki, aber die einzelnen Finger lagen fest auf bestimmten Punkten und wurden ein ganz wenig bewegt.

So sah es zumindest für mich aus - allerdings stand ich in sicherer Entfernung. Man konnte ja nie wissen, wie so ein Schaf - was ja doch irgendwie ein wildes Tier ist - mal reagierte.

Es blieb aber ganz lieb liegen und schlief dann sogar ein.

Es dauerte auch dieses mal recht lange, bis Frauchen aus dem Raum ging und sich die Hände wusch.

Naja wenn man so ein Schaf angefasst hatte...

Sie kam dann wieder und brachte noch ein paar so Kügelchen

mit.
Das sind so eine Art Tabletten. Die haben auf jeden Fall die gleiche Wirkung. Nur sie sind ganz klein und haben den Nachteil, dass man sie sehr schlecht hinters Sofa spucken kann,d wenn man sie einmal im Maul hat lösen sie sich ganz schnell auf, so, dass man sie gar nicht wieder loswerden kann.

Ich glaube die heißen Globuli oder so ähnlich.

Inzwischen war das Schaf aufgestanden und bei seinem Frauchen auf den Schoß gesprungen.

Die beiden verabschiedeten sich und im Herausgehen bellte mich dieses Untier doch tatsächlich an.

Was war das?
Ein Schaf was die Hundesprache konnte?

Klar Menschen lernen ja auch Fremdsprachen - aber ich hatte noch nie einen Hund erlebt, der zum Beispiel die Katzensprache konnte.

Mir war schon recht mulmig zumute und ich war froh als die beiden weg waren.

Frauchen schien das alles ganz normal zu finden.

Ich ging zu ihr und fragte sie, warum denn jetzt auch Schafe bei uns auf dem Tisch liegen dürften.
Da fing sie so doll an zu lachen, dass ihr die Tränen nur so runter kullerten.

Schafe? Ob ich denn so dumm wäre... Das war doch kein Schaf gewesen. Das war ein Bedlington -Terrier. Ein Hund.

Ich konnte es gar nicht glauben.

Das sollte ein Hund gewesen sein? Niemals.

Und am schlimmsten, der hieß auch noch „hinten" Terrier.

Genau wie ich. Nein, mit so einem wollte ich nicht verwandt sein. Niemals. Ich bin doch nicht mit Schafen verwandt.

Ich bin ein Malteser-Yorkshire-Terrier - also ein Mix aus beiden. Aber immerhin, ich heiße auch irgendwie Terrier mit Nachnamen. Und dieses Schaf...

Naja man konnte es nicht ändern.

Immerhin hatte ich Frauchen selten so lachen gesehen.

Die beiden - das Frauchen mit dem Verwandten von mir - kamen noch einige Male wieder und immer bekam das vermeindliche Schaf dann Akupressur.

Nach ein paar Wochen war wohl alles gut.

Ich habe bis heute nicht erfahren, was es denn wohl hatte; das komische Tier.

Aber es interessiert mich auch nicht wirklich.

Ich bin da meist eher neugierig bei Hunden, die ich auch als

Artgenossen erkenne.

Immerhin hatte die Methode mit dem streicheln und leichten drücken der Finger geholfen - und nur das zählt.

Ach ja, als wir kürzlich auf Fehmarn Urlaub machten, da haben wir dann tatsächlich wieder so einen „Schafshund" gesehen.

Es war mitten in Burg - das ist die „Hauptstadt" von der Insel.

Da saßen wir und aßen ein Eis, als eine Frau mit dem Schaf an der Leine auf unseren Tisch zu kam.

Erst wollte ich ja lachen. Aber ich weiß ja, man darf niemanden auslachen - auch wenn er noch so anders aussieht. Also habe ich mich zusammen gerissen und ganz intensiv auf Frauchens Eis gestarrt.

Natürlich kamen unsere Frauchen ins Gespräch und ich habe dann nachher am Strand - wo wir nach dem Eis hingingen - sogar mit dem Schafskumpel gespielt.

Der konnte rennen, dass seine Ohren nur so im Wind flogen. Das war ganz toll.

Und Frauchen fand es besonders klasse, wie dieser Hund hörte.

Sein Frauchen musste nur einmal rufen und er kam sofort.

Nun ja, ich bin eben ein echter Terrier - bei mir muss man schon mal zehnmal rufen und dann kann es passieren, dass ich mich entschließe dem Ruf zu folgen - oder auch mal nicht.

Und der war auch ein Terrier...

Das musste ja so kommen.
Von da an konnte ich mir ganz oft anhören, dass ich mir doch mal ein Beispiel an diesem Bedlington -Terrier nehmen sollte.

Der wäre ein perfekter Hund was den Gehorsam anginge - und das als TERRIER.

Nun ja; hat nicht so geklappt und ich weiß ja auch, dass Frauchen mich so liebt wie ich bin.

Sie hat mich ja schließlich so erzogen - oder hat sie es gar nicht getan???

Auf jeden Fall werde ich nie mehr lachen, wenn ein Schaf in unser Haus kommt, denn ich weiß ja jetzt, es ist ein Hundekumpel der meine Sprache spricht.

Irgendwie alles anders...

So! Nun habe ich Euch wieder eine ganze Menge von mir und meinem Leben mit Frauchen und anderen Frauchen und ihren Hunden erzählt.

Dieses Mal hat mein Frauchen alles schon etwas freiwilliger aufgeschrieben, was ich ihr so diktiert habe.

Das hat mehrere Gründe.

Erstens ist sie bestimmt ganz schön stolz auf mich, dass mein erstes Buch doch so viele Leute gekauft haben - auch wenn sie es nicht zugibt!

Aber es hat auch noch einen anderen Grund, den gibt sie erst recht nicht zu. Aber ich weiß, dass er stimmt.

Seit vielen Monaten oder sind es schon Jahre? - ich weiß nicht so genau, sind wir nun schon alleine. Ja mein Frauchen gehört nur noch mir.

Eigentlich hatte ich mir das ja immer gewünscht. Ich mochte es nie, wenn mein früheres Herrchen kam und ich zur Seite gehen musste weil er wieder mal mit Frauchen reden wollte oder sie anmeckerte, da habe ich oft gebetet, dass ich mein Frauchen nur für mich hätte.

Naja es war lange so, dass die Gebete nicht erhört wurden und als ich Frauchen mal von meiner heimlichen Beterei erzählte, meinte sie, man dürfte nur um wirklich wichtige Dinge bitten bei dem da oben, der die Wünsche dann vielleicht in Erfüllung gehen lässt. Okay, aber für mich war das wichtig...

Ob ich dann doch irgendwann erhört wurde oder ob es der pure Zufall war; wir standen plötzlich alleine da - mein Frauchen und ich.

Der, der mal mein Herrchen war hatte keine Lust mehr auf uns.

Er hat Frauchen noch einige Male angebrüllt und ich glaube, die war dann auch froh mit mir alleine zu sein.

Das kam alles ganz plötzlich und wenn Frauchen ihren Freundinnen erklärte, dass wir nun keinen Mann mehr im Hause hätten - wobei sie mich wohl ganz übersehen hat - dann meinten die, dass Männer, die im Alter von meinem Ex-Herrchen wären, eben in so eine Krise kämen.

Keine Ahnung was das für eine Sache ist. Ich hoffe, ich komme da nicht auch rein.

Aber egal, was für Sinneswandlungen mich auch ereilen im Alter; ich würde doch nie mein Frauchen alleine lassen.

Ja ich bin ja auch ein Hund und wer kennt das Sprichwort nicht:
„Nur eine Hundeseele ist treu wie Gold!"

Ja egal; Frauchen war dann eine ganze Zeit mächtig traurig; zumal mein Ex-Herrchen auch noch in Sichtweite war.

Er wohnte immer noch in unserem Haus und tut es sogar heute noch.

Er kommt wenn er Lust hat und wenn wir ihn brauchen ist er meist nicht da.

Ja, das hat wohl mit der komischen Krise, die er hat zu tun.

Scheint eine Dauerkrise zu sein, denn Frauchen meinte eben, dass wir schon mehr als zwei Jahre alleine sind.

Nun ja, der wohnte also noch in unserem Haus und alles war echt nicht so leicht für mein Frauchen.

Ich wollte, dass sie jetzt darüber noch was in mein neues Buch schreibt. Aber sie hat gesagt, dass das nicht geht.

Verstanden habe ich es nicht.
Sie kann doch schreiben - warum soll das denn nicht gehen?

Natürlich habe ich keine Ruhe gegeben, bis Frauchen mir dann sagte, dass sie noch nicht in der Lage ist, das alles aufzuschreiben.
Dass sie dann immer so nasse Augen bekäme.

Oh nein, das will ich nicht.

Das bedeutet nichts Gutes. Wenn sie so komisch glasige Augen bekommt, dann heißt es, dass sie traurig ist oder auch mal wütend.

Aber dann glänzen die Augen mehr.

Meine Hundekumpeline, die Billa, die ist ja ganz schlau.
Die ist ja ein Pudel. Ich mag sie nicht so gerne, die sieht so

bescheuert aus, mit ihrem Bommeln an den Beinen und den Ohren.

Aber okay, ich gebe es ja zu. In gewisser Weise ist sie schon ein bisschen schlauer als ich.

Naja zumindest tut sie so. Und die sagt immer, wenn ihr Frauchen feuchte Augen hat, dann sieht man sofort ob es Trauer oder Wut ist.

Bei Trauer, da sehen die Augen rot aus und meist kommt das vom langen weinen - sagt Billa.
Und wenn ihr Frauchen wütend ist, dann sprüht sie Feuer mit den Augen.

Nun, ich habe schon immer mal gewartet, ob das bei meinem Frauchen auch so ist.

Gerade letztens, da habe ich die Socken aus der frisch gewaschenen Wäsche gezogen und habe sie alle versteckt.

Da war mein Frauchen bestimmt nicht traurig sondern eher wütend.
Aber da kam kein Feuer aus ihren Augen.
Nein ich habe da keine Flammen gesehen.

Aber vielleicht bin ich ja auch wieder nur dumm - und versteh nicht wirklich, was die Billa mir damit sagen wollte.

Ist egal, ich will auf jeden Fall nicht, dass Frauchen die ganze Zeit während ich ihr die Texte diktiere Tränen in den Augen hat - egal welche Sorte davon.

Außerdem hat sie mir versprochen, dass wir ganz bald ein ganzes Buch über die vergangenen zwei Jahre schreiben.

Das wir dann mal allen berichten, wie blöd es kommen kann im Leben.
Wie schnell sich alles ändern kann.

Ja es ging uns immer so gut.

Frauchen hat das Geld verdient, Herrchen hat den Haushalt gemacht und Ihr wisst sicher noch aus meinen ersten Buch....
Er hat mit dem Wischeimer meine Pfützen weggemacht als ich noch ein kleiner Mickerling war.
Na und ab und an hat er im Garten was erneuert.

Es ging uns so gut.

Die Sommer waren besonders schön.

Da waren wir oft mehrere Monate am Meer unterwegs.
Mal an der Nord- mal an der Ostsee.

Hatte ich Euch ja auch schon im ersten Buch was von erzählt.

Und im Winter, da war es schön, wenn wir im Schnee gespielt haben.

Jaja, jetzt kriegt Frauchen schon wieder so einen komischen Blick und der sieht alles andere als wütend aus.

Ich höre wohl besser auf zu erzählen.

Aber eins ist ganz sicher. Wenn ich heraus gekriegt habe ob Frauchen traurig oder wütend ist wenn sie so komisch aussieht dann werde ich sie solange nerven bis sie das alles genau aufschreibt, denn gerade in den letzten zwei Jahren da war unser Leben ganz schön interessant.

Ja, Frauchen war manchmal traurig und manchmal hätte ich mein Ex-Herrchen sogar am liebsten zurück geholt; aber es gab auch Tage und Wochen, da waren wir so viel unterwegs und Frauchen hat so viel gelacht wie nie in den ganzen Jahren wo wir hier noch alle zusammen waren.

Und genau davon will ich Euch dann mal erzählen.

Im Moment ist es jetzt so, dass Frauchen eigentlich gut drauf ist.

Wir sind nur noch in der Woche hier in unserem Haus und am Wochenende da fahren wir in eine ganz große Stadt.

Da wohnt einer, der vielleicht mein neues Herrchen werden will.

Aber das muss ich mir noch ganz genau überlegen ob ich das dulde. Schließlich bin ja jetzt ich der Mann im Haus und ich kann ja nicht zulassen, dass Frauchen vielleicht eine falsche Entscheidung trifft.

Nein, das geht gar nicht.

Da habe ich schon ein gewisses Mitspracherecht oder vielleicht sollte ich lieber sagen, dass Frauchen auch was dazu sagen darf, wenn ich ihr erkläre wie ich mir unsere Zukunft vorstelle.

Man muss doch immer alle Seiten abwägen und genau das ist gar nicht so einfach.

Auf der einen Seite hätte ich schon Frauchen gerne weiterhin für mich alleine.

Aber wenn ich sehe, dass sie in der großen Stadt da so oft fröhlich ist, dann ist das auch für mich eine gute Sache.
Zumal der neue Typ und Frauchen mich nie alleine lassen. Ich komme überall hin mit.

Und was ich so alles kennengelernt habe in den letzten Monaten; das habe ich vorher in meinem gesamten Leben nicht gesehen.

Auch die Wohnung wo wir da da sind ist wirklich schön.

Toller Boden - die Menschen nennen es Echtholz.

Komisch gibt es auch unechtes Holz.

Da kann man auf jeden Fall ganz doll drauf spielen.
Man rutscht so doll, dass man gar nicht mehr bremsen kann.

Und was ganz prima ist...

Immer wenn Frauchen dann ihr Wutgesicht kriegt und sagt, dass ich gefälligst vernünftig laufen und keine Striemen auf den Boden machen soll, dann sagt der Mensch, der da in diese Wohnung gehört, dass ich doch meinen Spaß haben soll.

Das finde ich dann echt nett. Ich guck ihn an, wedel ganz freundlich und schlindere weiter durch den langen Flur und das große Wohnzimmer bis zur Balkontür.

Da ist dann eine lange Gardine in der ich mich meist verfange und automatisch gebremst werde.

Frauchen sagt dann immer ich sähe aus wie eine Braut.

Habe mir erst einmal erklären lassen, was das ist „eine Braut" und dann habe ich aber mit Frauchen geschimpft.
Ich bin doch ein Mann - da kann ich doch keine Braut sein.

Aber das mit der Gardine macht trotzdem Spaß.

Ja und wenn Frauchen dann letztendlich nach dem meckern auch noch anfängt zu lachen, dann ist meine Welt doch komplett in Ordnung.

Ich denke also mal, dass wir es bald schaffen mehr von unserem neuen Leben zu berichten.

Ach ja - noch was...

Mensch, mir fällt noch so viel ein, was ich Euch noch sagen wollte.

Seit fast zwei Jahren haben wir auch ein anderes Auto mein Frauchen und ich.

Früher sind wir ja mit so großen „Häusern auf Rädern" unterwegs gewesen. Wisst Ihr noch - als ich davon erzählte?

Jetzt ist es ganz anders.

Damals konnte Frauchen die großen Wohnmobile nie fahren und außerdem musste ich und mein Bruder damals auch noch immer ganz hinten sitzen.

Und frei herumlaufen durften wir auch nicht, obwohl doch so viel Platz da war.

Jetzt haben wir so ein kleines Autochen.

Es ist irgendwie schon richtig schön.

Hinten hat man uns eine Ladefläche eingebaut. Da kann Frauchen im Sommer dann mal liegen und auf den See gucken.

Ich liege dann ganz nah an ihr dran und sie sagt immer, ich soll auf meinen Platz gehen.
Der ist vorne im Wagen. Da steht meine Hundebox. Auf dem Beifahrersitz - mit so Gurten festgemacht, damit ich bei einem Unfall auch nicht herunterfalle.

Es ist schön so ein kleines Auto.
Natürlich geh ich nicht auf meinen Platz. Will doch so nah wie möglich bei Frauchen sein.

Und manchmal fahren wir auch im Winter mit dem Wagen abends noch raus und dann ist es ganz kuschelig.

Da macht Frauchen sobald wir stehen die Heizung an und ich darf aus der Box heraus.

Wenn Frauchen dann ihren Kaffee geholt hat sitzt sie mit dem in der Hand auf dem Fahrersitz und ich springe ihr auf den Schoß.

Dann kommt ganz viel Wärme aus dem Fußraum und manchmal sagt Frauchen dann, dass wir es doch richtig gut haben.
Ja das Ding was da so schön wärmt ist eine Standheizung.

Das hatten wir in den großen Autos auch.
Und als Frauchen so ein Teil in ihrem neuen Wagen einbauen lassen wollte, wurde sie ausgelacht.

In so einem kleinen Fahrzeug da wäre doch so eine Heizung gar nicht angebracht.

Frauchen meinte nur, dass sie schließlich einen Zwerg immer dabei hätte und der bräuchte warme Pfoten.

Dann wurde diese Heizung eingebaut und Frauchen und ich freuen uns jeden Abend im Winter, dass wir zumindest noch etwas genauso haben wie in den „Häusern auf Rädern" früher ; die Wärme.

Tja, es fällt mir noch so viel ein, was sich verändert hat bei uns.

Aber für jetzt reicht es erst einmal...

Okay, dann erzähle ich Euch alles andere in meinem nächsten Buch. Da wird es so viel zu berichten geben.

Frauchen wird das bestimmt alles aufschreiben und wenn sie

es nicht will, dann werde ich sie an ihre eigenen Worte erinnern.

Ich war doch dabei als sie mit jemandem telefonierte.

Da sagte Frauchen zu ihrer Freundin, dass es immer gut ist, wenn man das, was einen belastet aufschreibt.

Klar, ich denke, sie meinte eher die Schreiberei, die sie jeden Abend macht.

Da sitzt sie am Tisch und holt so ein komisches kleines Buch heraus und da macht sie sich viele Notizen. Das heißt dann Tagebuch.

Ich glaube das ist so, weil man da jeden Tag was reinschreiben muss. Ja und das hilft dann für irgend etwas.

Da ist es bestimmt auch gesund für Frauchen wenn sie alles aufschreibt und es am Ende ein Buch wird.

Ich helfe ihr ja schließlich dabei und dann wird es bestimmt nicht nur traurig, denn wir haben ja auch ganz viele schöne und lustige Erlebnisse gehabt in den letzten zwei Jahren.

Also freut Euch schon mal auf die nächsten Nachrichten von mir.

Ich fände es total schön, wenn Ihr uns wieder mitteilen würdet, ob Euch dieses Buch gefallen hat, denn ich weiß genau, dass Frauchen sich dann immer ganz doll freut, wenn sie positive Rückmeldung bekommt.

Und manchmal bekomme ich dann sogar ein Leckerchen, denn

schließlich habe ja eigentlich immer ich alles geschrieben. Naja sagen wir mal ich habe es erzählt und Frauchen dazu genötigt es aufzuschreiben.

Also bis bald mal und lasst es Euch allen gutgehen und natürlich dürft Ihr uns auch mitteilen, wenn Euch was nicht gefallen hat an unserem Buch.

Schließlich sagt Frauchen immer, dass man nicht nur austeilen sondern auch einstecken können muss und daher sind wir doch für jede Kritik offen.

Bis ganz bald,
Euer inzwischen ja so.... großer - „kleiner Mickerling"

Soki

Und jetzt seht Ihr noch ein paar Bilder aus der letzten Zeit:

Hier hat Frauchen ein paar Sachen eingepackt für das Wochenende in der großen Stadt...
Damit sie mich nicht vergisst habe ich mich in den Korb gesetzt; und was ich dann bei Frauchen in den Augen sah war keine Trauer - nein das war Wut...

Vergessen hat sie mich nicht. Aber weil ich einfach in den Korb gesprungen bin und gar nicht gesehen habe, dass da Obst drin war, musste ich doch glatt im Auto warten.

Ja das ist gemein...
Nur gucken und man kann nichts machen. Selbst wenn draußen ein Hundekumpel vorbei kommt kann ich mich nur verstecken. Muss ja nicht jeder sehen, dass ich eingesperrt im Auto sitze...

Mensch bin ich dann froh wenn es losgeht und erst recht wenn wir dann in der Stadt ankommen und ich endlich wieder in die fremde Wohnung komme. Wobei so fremd ist die mir gar nicht mehr. Gibt so bestimmte Ecken, die mag ich ganz besonders und da renne ich dann auch sofort hin...

Also erst einmal bekomme ich sofort Wasser und meist werden mir noch die Füße saubergemacht; zumindest dann, wenn ich nicht schnell genug entfliehen kann...

Dann gehe ich mal schnell, bevor es Frauchen sieht, in meinen Lieblingssessel...

Meist gucke ich dann ob die Palmen noch da sind...

Danach geht es weiter ins Badezimmer, wo man mir meistens schon den roten Teppich ausgerollt hat...

Spätestens da erwischt Frauchen mich dann und ich muss mich für die nächsten fünf Minuten benehmen.

Dann warte ich bis der kommt, dem die Wohnung gehört; und dann ist Frauchen erst einmal mit der Begrüßung beschäftigt.

Gut für mich, denn dann renne ich los und guck ob auch alle anderen Plätze noch da sind, die ich so liebe...

Okay, dass ich manchmal sogar am Ende im Bett lande, das kann ich Euch hier nicht zeigen, denn ich glaube dann kommt bei Frauchen doch noch Feuer aus dem Augen.

Also lassen wir das besser und bis zum nächsten Buch gibt es bestimmt wieder viele neue Fotos von mir.

Das war nun das zweite Buch vom mittlerweile großen Mickerling.

Wenn Euch das, was Ihr gelesen habt, richtig gut gefallen hat... dann wartet mal ab.

Es gibt bestimmt ganz bald Neues zu berichten.

ENDE